# 民國文存

## 108

# 印度童話集

徐蔚南　編譯

知識產權出版社

本書以日本豐島次郎的《印度童話集》為底本，譯介印度的十二篇童話，其中有妖魔鬼怪，亦有真、善、美的王公貴族、底層百姓，甚至形體不全的一些貧苦大眾。翻譯者以生動的語言講述著光怪陸離的故事，引導人們追求美好的事物。

責任編輯：鄧　瑩　　　　　責任校對：谷　洋
特約編輯：羅　慧　　　　　責任出版：劉譯文

**圖書在版編目（CIP）數據**

印度童話集/徐蔚南編譯. —北京：知識產權出版社，2017.1

（民國文存）

ISBN 978-7-5130-3804-1

Ⅰ.①印…　Ⅱ.①徐…　Ⅲ.①童話-作品集-印度

Ⅳ.①I351.88

中國版本圖書館 CIP 數據核字（2015）第 228199 號

**印度童話集**

Yindu Tonghuaji

徐蔚南　編譯

出版發行：知識產權出版社 有限責任公司

社　　址：北京市海淀區西外太平莊 55 號　　　　郵　編：100081

網　　址：http://www.ipph.cn　　　　　　　　郵　箱：bjb@cnipr.com

發行電話：010-82000860 轉 8101/8102　　　　傳　真：010-82005070/82000893

責編電話：010-82000860 轉 8346　　　　　　責編郵箱：dengying@cnipr.com

印　　刷：保定市中畫美凱印刷有限公司　　　　經　銷：新華書店及相關銷售網站

開　　本：720mm×960mm　1/16　　　　　　印　張：8.5

版　　次：2017 年 1 月第一版　　　　　　　印　次：2017 年 1 月第一次印刷

字　　數：100 千字　　　　　　　　　　　　定　價：35.00 元

ISBN 978-7-5130-3804-1

# 民國文存

## （第一輯）

## 編輯委員會

### 文學組

組長：劉躍進

成員：尚學鋒　李真瑜　蔣　方　劉　勇　譚桂林　李小龍
　　　鄧如冰　金立江　許　江

### 歷史組

組長：王子今

成員：王育成　秦永洲　張　弘　李雲泉　李揚帆　姜守誠
　　　吳　密　蔣清宏

### 哲學組

組長：周文彰

成員：胡　軍　胡偉希　彭高翔　干春松　楊寶玉

# 出版前言

　　民國時期，社會動亂不息，內憂外患交加，但中國的學術界卻大放異彩，文人學者輩出，名著佳作迭現。在炮火連天的歲月，深受中國傳統文化浸潤的知識分子，承當著西方文化的衝擊，內心洋溢著對古今中外文化的熱愛，他們窮其一生，潛心研究，著書立說。歲月的流逝、現實的苦樂、深刻的思考、智慧的光芒均流淌於他們的字裡行間，也呈現於那些細緻翔實的圖表中。在書籍紛呈的今天，再次翻開他們的作品，我們仍能清晰地體悟到當年那些知識分子發自內心的真誠，以及其間所蘊藏著的對國家的憂慮、對知識的熱愛、對真理的追求、對人生幸福的嚮往。這些著作，可謂是中華歷史文化長河中的珍寶。

　　民國圖書，有不少在新中國成立前就經過了多次再版，備受時人稱道。許多觀點在近一百年後的今天，仍可說是真知灼見。眾作者在經、史、子、集諸方面的建樹成為中國學術研究的重要里程碑。蔡元培、章太炎、陳柱、呂思勉、錢基博等人的學術研究今天仍為學者們津津樂道；魯迅、周作人、沈從文、丁玲、梁遇春、李健吾等人的文學創作以及傅抱石、豐子愷、徐悲鴻、陳從周等人的藝術創想，無一不是首屈一指的大家名作。然而這些凝結著汗水與心血的作品，有的已經罹於戰

1

火，有的僅存數本，成為圖書館裡備受愛護的珍本，或成為古玩市場裡待價而沽的商品，讀者很少有隨手翻閱的機會。

鑑此，為整理保存中華民族文化瑰寶，本社從民國書海裡，精心挑出了一批集學術性與可讀性於一體的作品予以整理出版，以饗讀者。這些書，包括政治、經濟、法律、教育、文學、史學、哲學、藝術、科普、傳記十類，綜之為"民國文存"。每一類，首選大家名作，尤其是對一些自新中國成立以后沒有再版的名家著作投入了大量精力進行整理。在版式方面有所權衡，基本採用化豎為橫、保持繁體的形式，標點符號則用現行規範予以替換，一者考慮了民國繁體文字可以呈現當時的語言文字風貌，二者顧及今人從左至右的閱讀習慣，以方便讀者翻閱，使這些書能真正走入大眾。然而，由於所選書籍品種較多，涉及的學科頗為廣泛，限於編者的力量，不免有所脫誤遺漏及不妥當之處，望讀者予以指正。

# 弁　言

　　當教員的時代，假期中為孩子們包圍著連續地要求講故事給他們聽，陳舊的故事，統統講完了，要杜撰新的故事，又限於才能，於是只好像教書時預備功課那樣，拏童話書、故事書來看了，以應付小孩子們熱誠的要求。《印度童話集》的原書就是這樣看完的。

　　同時代的站在領導地位的人物，那麼使人感慨，幻想著下一代能比我們高潔一點。這個可憐的心情，常驅使我要為孩子們盡點力，就我們幼稚的能力，寫點幼稚的東西出來。——恰巧看見孩子們聽了《女星故事》時，都會落下眼淚來，覺得小孩子的心眞是天眞淺薄得可愛！就把這個故事譯述出來吧，《印度故事集》於是一篇一篇陸續譯好了。

　　《印度童話集》的原書是日本圖書館協會推薦的豐島次郎的本子，我照那本子譯述十一篇。《一粒芥子》是從一本法國書中看到的。譯文是沒有逐字譯，而且為淺顯起見，把字句極力改組成為簡短的了。

譯述者

# 目　錄

# 太陽女

　　有個地方，住著一對賣牛奶的窮夫婦。每天早上，丈夫擠好了牛奶，由妻子將牛奶裝在罐子裏，提到市裏去賣。到了中午時候，牛奶已賣完，妻子提著空罐子回家。

　　有一天，天氣非常晴朗，賣牛奶的老婆，右手攜著牛奶罐，左手攜著自己的一個小女兒，像平常一樣，緩緩地走到市上去賣牛奶了。突然間，不知從那裏飛來兩頭鷲鳥，搶了那個小女兒去。

　　母親丟去了牛奶罐，大聲呼喊著，趕快追上去。可是那兩頭飛得比風還要快的鷲鳥，早已飛得無影無蹤了。村裏的男女，聽見那母親的呼救，都趕了出來，但是已沒有方法可以奪回小女兒來的了。

　　搶了那小女兒去的一對鷲鳥，目不斜視地一直向前飛去，終於飛到自己的住所——一顆大樹上的巢中了。鷲鳥夫婦，將小女兒仔細地安放在巢中，心上是很歡喜的，因為牠們有了這個可愛的小女兒了。

　　鷲鳥為了這個小女兒，特地在牠們所住的高樹上，造起一座屋子來。屋子是用鐵造的，造得非常堅固；裝著七扇鐵門，每扇門上又都裝著鐵鎖，所以沒有一樣東西可以從外面走進去的。

　　小女兒由鷲鳥夫婦撫養著，在這家中，生活得很好。時光像水一樣流去，轉眼間，幼稚的小女兒已長成為十六歲的美麗的小姑娘了。親愛的鷲鳥，為了解除小姑娘的寂寞起見，特地到外面去領了一隻小狗、一隻小黑貓來給小姑娘做伴侶。

鷲鳥對那小姑娘眞親愛，每天總是帶回美麗的衣服、珍貴的寶石、甘美的食物來給小姑娘的。後來鷲鳥替小姑娘取個名字，叫做太陽女。

每天鷲鳥夫婦出去後，太陽女就把七扇鐵門一一關好，住在家裏和小貓、小狗玩耍到了晚上，鷲鳥飛了回來敲門時，太陽女便將七扇鐵門一一開了，請鷲鳥夫婦進去。

有一天，做母親的鷲鳥說道：“對於我們這位小姑娘，我們想給她的東西，都弄了來給她了，現在所缺少的，只是一隻戒指可愛得像白魚一般的金鋼鑽戒指。沒有弄得這隻戒指，我眞悲傷。"

做父親的鷙鳥說道："是的，非弄到這樣一隻戒指不可的。現在我們就去探尋好嗎？只是普通的金鋼鑽戒指，是不行的呢。從前，我在紅海岸邊看見一位王后，戴的一隻戒指，那粒金鋼鑽的光彩，眞是像太陽一樣。我想，取了這樣一隻戒指來給太陽女才好啊。"

"那末我們倆就飛到紅海那邊去取吧。"

鷙鳥夫婦商量好後，就準備出發了。只是這次旅行需時很久，因此，為了太陽女，特地先預備好了六個月的糧食放在家裏。出發的一天，鷙鳥夫婦向太陽女道：

"在我們遠出期間，無論什麼人來敲門，你總不要開。并且無論如何，你也不要走出門去，你只要留心著爐子的火，不要叫火熄滅就是了。"

這樣叮囑之後，鷙鳥夫婦才動身遠去。

太陽女謹守著鷙鳥的說話，每天自己燒飯羹菜給自己喫了，很快樂地和小貓、小狗一起過日子。

有一天晚上，太陽女正在料理晚飯的時候，那匹生性貪嘴的小黑貓，看見太陽女走開一邊時，便不等飯菜做好，先將一盆最好的飯菜偷喫去了。後來給太陽女看穿了，她心上非常忿怒，便叱罵黑貓道："你眞是生就卑鄙的畜生，現在我要請你喫東西了。"說著，便提起鞭子向貓身上打去，小貓連忙逃走，跳到木棚上去，將木棚上的一個水壺帶翻了。水壺裏的水一直澆下來，恰巧澆在爐子裏，把火爐裏的火完全澆熄了。爐子裏沒有火，便燒不成飯，羹不成菜了，可是活了十六歲的太陽女從來沒有喫過生東西的，因之，爐火熄滅，她只好餓著肚皮。三天工夫，她沒有喫一點東西，到第四天早上，肚皮實在餓不過了，她想，今天非去弄個火來不可的了。但

3

是家裏是弄不到火的了，要弄個火，只有到外邊去。她對貓、狗說道："我現在要到外邊去弄個火來，你們在家裏，要好好兒，一點也不要吵鬧。"

貓說道："可是你走得太遠時，是不行的呢。離開此地不遠，有個羅剎婆住著。一旦你被羅剎婆捉住了，那末你就永遠不會回來了。"

太陽女問道："羅剎婆是什麼呢？"

原來羅剎婆是一種喫人鬼，貓是知道的。但是貓想如果把實情說了出來，恐怕太陽女不敢出去取火的了，因此一下子不說話，過了一會兒才說道："羅剎婆究竟是什麼，我也說不出來。"貓說完話，就去躲在一個牆角裏用腳來洗臉了。太陽女向貓說話，貓總是一個不回答。

後來，太陽女便把七扇鐵門一一開了，她從樹上走下來，要去向人家討一個火。她一路走去，不知不覺早已走入羅剎婆食人鬼的地方上了。她看見面前一座屋子，她就走進屋子裏去，看見一個老太婆正在烤火。那老太婆或者因為年紀太大了，身體彎曲得像籐葛，頭髮亂得像苧麻，長長的一嘴黃牙齒；那副形狀實在不是像個人。原來這個老太婆就是一個羅剎婆啊。

老太婆看見太陽女走進去，便問道：

"你從什麼地方來的啊？"

老實的太陽女把自己的一切遭遇，現在所住的地方，以及現在要來討個火，等等，一切都告訴了老太婆了。

老太婆有一個頂可怕的兒子，恰巧這時不在家裏。老太婆聽了太陽女的講述，非常高興，心上想道："這樣溫柔美貌的小姑娘，正是我兒子的一頓好飯菜啊。留住她吧，留她到我兒子回來……"老太婆便用著溫柔的口氣說道："好小姐，你要火，我一定給你的。但是我要請你暫時在這兒多停留一下。因為年紀老了，身體不好，沒有氣力來打米。要請你先代我打好米，我再把火來給你。"

親切的小姑娘，聽了老太婆的話，眞地代為打起米來了。那老太婆的兒子還沒有回來之前，米卻已打好了。小姑娘便道："老婆婆，米打好了，現在請你把火給我吧。"

老太婆說道："你幫助我得很好。我的女兒此刻恰巧不在家。請你把這點小麥也碾一碾，碾好後我把火來給你。"

小姑娘把小麥碾好了，老太婆的兒子卻還是沒有回來。她向老太婆說道："老婆婆，米旣打好了，麥也碾好了，現在請你給我火吧。"

但是老太婆仍以女兒沒有在家做口實，還要叫太陽女幫忙，說道："小姑娘，你為什麼這樣性急呢？我一個人在家裏，很是寂寞的。眞正對不起你，還要請你代我到井戶裏去提桶水來；水提了來我一定給你火就是了。"

太陽女提了水來後，老太婆的兒子還是沒有回來。小姑娘做了這許多事情，心上也有點不耐煩了，說道："你叫我做的事，我都做好了。現在時候已晚，我不得不回去了。如果你不肯給我火，那末我到另一個地方去討吧。"

老太婆心裏想，現在已挽留不住這位小姑娘了，便道："我就把火來給你。我幷且還要給你一袋小麥呢，我很想知道你的家啊。你回去時，就請你把麥子沿路撒過去，那末你家和我家中間，就構通一條道路了。"老太婆的心裏，是要曉得到小姑娘家裏去的路是怎樣走法的，那末等兒子回來後，就可叫兒子去捉回小姑娘來喫了。

小姑娘不曉得老太婆的用意，拏著火回去時，眞地把麥子沿路撒過來。到了家中，就把七扇鐵門一一關好，趕快燒起飯來喫。小貓、小狗也都喫飽了肚皮。小姑娘因為今天路走得太多，身體有點疲倦，就上床去睡覺了。

小姑娘走出老太婆的家不久，那個頂可怕的兒子倒回來了。老太婆一看見兒子進來，就叱罵道："你為什麼這樣遲回來！"接著說道："剛才來了一位小姑娘，皮肉嫩得像櫻桃，身體軟來像小鳥。你如果早回來一步，就可捉住她來喫掉了。"

聽著這樣說話的兒子，眼睛便紅得像要爆出火來了，咬著牙齒說道："現在那個小姑娘到那兒去了？我立刻就追去。無論如何，我總要把她追回來的！"

老婆子道："你立刻就可知道那條路的。因為小姑娘回去時，我叫她沿路撒下了麥子。"

那個兒子聽著這話，愈加顯出一股要喫人的惡相；他連忙出門，跟著麥子一直追趕上去。不久，他走到樹頂上的屋子門前了。但是因為七扇鐵門關得緊緊的，走不進去，他便假裝鶯鳥，打門道：

"我是做你父親的鶯鳥啊！我旅行回來了，我帶了金鋼鑽戒指來了，快開門啊！"

恰巧這時候，小貓、小狗、小姑娘，大家都睡得很熟，打門聲一點也不聽見，❶ 那七扇門自然仍是關得緊緊的。

那個喫人鬼便想把門打開了走進去，可是門總打不開。他想挖門進去，不特挖不進，反而褐色的長指甲，折斷一個在門縫裏了。這個惡鬼痛了，便慘叫一聲，就回去。

喫人鬼走不多時，貓醒了，推醒了小姑娘，說道："剛才我夢裏

---

❶ "不聽見"今常寫為"聽不見"。——編者註

聽見鷺鳥回來了，敲著門；你快起來開門出去看看，究竟鷺鳥眞是回來了沒有。"

小姑娘起身，將七扇門一一去啟開，開到第七扇門時，她的手不圖碰著了那個惡鬼的長指甲，立刻就倒在地上了。原來那惡鬼的指甲是非常毒的。

過了不多時，鷺鳥眞是回來了，看見門戶洞開著，太陽女卻倒臥在門限上，不禁大喫一驚。鷺鳥夫婦大哭一番，將那找來的金鋼鑽戒指，套在太陽女的手上後，就飛了出去，永不想再回到這座屋子裏來，小姑娘的身體於是只有一貓一狗看守著了。

到了下一天，有一個年輕的國王，出來打獵，路過此地，恰巧就在這顆大樹下休息。國王偶然仰頭一望，看見樹頂有個黑色的大東西，心上奇怪，便派個侍從爬到樹上去看個究竟。

不久，那個侍從由樹上下來，報告國王道："那樹上有著一座鐵造的小房子，房子裏開著七扇鐵門。第七扇門限上倒臥著一個年輕美貌的女人，像已死去的了。那姑娘的身邊，躲著一匹小貓，一匹小狗，都是很悲傷著。"

国王聽了這個報告，覺得非常奇怪，立刻派許多人到樹上去將那姑娘、小貓、小狗一齊帶下來。

年輕的国王一看見這個美麗的太陽女，心裏立刻就充滿了憐惜眷戀的情緒。他看見小姑娘的嘴唇還是緋紅的，小姑娘的手還是溫暖的，他便決心要把小姑娘救活了，做他的妻子。

国王偶然發見小姑娘的手上，刺著一枝鐵針似的東西，拔出來一看，原來是一個指甲。一拔去這個有毒的指甲，那小姑娘就甦醒轉來了，剎那間，眼睛也睜開了。國王看見小姑娘復活了，心上異常地歡喜。

太陽女把自己的事統統告訴國王。國王聽得津津有味。

接著，國王帶著小姑娘一起回到宮裏去，國王問太陽女願意不願意做王后。太陽女很願意聽從國王的說話。

過了三天，國王與太陽女就舉行一個非常莊嚴華麗的結婚禮。全國的人民看見王后這樣年輕，這樣美貌，也都快活非常。

但是國王的母親，只有國王的母親，卻憎恨王后。因為這個王太后，國王的母親，心裏想，自己的兒子是堂堂一國之主，怎麼可以奇奇怪怪地娶一個鷺鳥撫育的女兒做妻子！此外，又看見國王把宮中最珍貴的寶石都給了太陽女，心上更加不高興。因此王太后常常私自計劃著，怎樣把太陽女趕到一個地方去，不使她再❶和國王見面，漸漸兒使國王也忘記了她。

王后太陽女的宮中，有著一個性子非常伶俐的老使女專門奉侍王后的。有一天，老使女向王后道："王太后的說話，王后，你千萬不要聽。王太后是憎恨你的，正在計劃陷害你。王后，你自己要仔細留心啊！"

但是王后太陽女是一個最好的女人。她以為旁人決不會謀害她的，所以全然不聽那老使女的一套話。

有一天，王太后、王后、老使女三個人一起在庭中散步時，王太后溫和地向王后說道：

"你身上的寶石眞是沒有一顆不美麗的啊！我在你這樣的年紀，我的丈夫從來沒有給我這樣美麗的寶石的。我眞想我的身上，也有一次戴著你這樣的寶石才幸福哪！你能不能暫時將你寶石借給我戴一戴嗎？"

---

❶ "不使她再"今常爲"是她不再"。——編者註

這時候那個老使女屢屢向著王后丟過眼色來，叫王后不要借。但是王后沒有懂得老使女的意思，毫不躊躇就將身上的項圈、手環等，一一脫下來交給了王太后。

那個皺紋滿面的王太后，戴上了寶石的項圈等，自以為美麗到像太陽一樣了。她要看看自己的姿態，究竟如何的美麗，便叫那老使女到宮裏去拏面鏡子來。老使女心上不高興，可是王太后的命令不可違背，只好去拏了。

王太后回頭向王后太陽女道：“鏡子沒有拏來之前，我同你先到池中去照一照我們的姿態吧。”

那個池是極深的。兩人走到池邊時，王太后突然將王后的身體向前一推，王后“啊喲”一聲，已跌入池裏了。

這個可惡的王太后，暫時立在池邊，看王后浮不浮起來，沒有浮起來，王后確是溺死了，王太后才安心回到自己的房裏，將全部的寶石都藏過了。

過了一下子，那個老使女喘著氣，趕到國王面前報告道：“國王，大難臨頭了！剛才王太后和太后一起在庭中散步；後來王太后差我走開去一下，等到我回來，王后太陽女已不見了。”

國王聽著這個報告，面孔發青，立刻派了許多人去找尋王后，但是終於找不到。

國王去問王太后，王太后卻說：“我一點也不知道。今早我看見王后和那個老使女一起在庭中散步的。後來又看見王后將身上的寶石拏下來交給老使女。如果王后逢到了什麼，一定是這個可惡的老使女所幹下的。”

接著王太后對於老使女，又說了許多許多壞話，說得國王也疑心老使女了。後來國王竟把老使女投入獄中。

　　跌入池中的王后卻被水神救起了，己將王后變成為一朵美麗的金花，透出於水面。

　　一天，國王到庭中去散步，看見池中那朵鮮艷的金花，不禁大喜，看著這朵花的妍麗，覺得花就是王后太陽女的魂靈似的。

　　國王看見這花，心裏都感到愉快。因此國王每天都要去看花的了，而且看得那麼長久。國王又像知道花朵懂得說話似的，常常向著花朵講話。這朵花，也是奇怪，經過好多日子，既不變色，也不枯萎。

　　王太后想道：“這朵花一定是王后所變成的。”到了晚上，王太后便帶了兩三個親信的用人，把這朵金花摘下來燒煨了。

　　下一天，國王到池邊去看花，花卻不見了。國王非常驚奇，叫看守花園的人過來詢問，竟沒有一個人知道花的下落。

　　金色的花被燒煨了，但是王后的生命並不從此就完了。原來火神將王后救了起來，將王后變成為銀色的白灰。風神又把銀灰帶到宮庭中去。土地公公知道了，就把銀灰變成為一顆❶芭蕉樹。芭蕉一天一天長大起來，那碧綠巨大的葉子一直擴張到宮庭外面的行人道上。路上來往的人，路過此地時，都要在芭蕉葉下，乘一下子涼。

　　不知什麼時候，這株芭蕉樹上結了一球香蕉。香蕉一天一天大起來，竟像一球黃金了。國王看著這球香蕉，心中非常歡喜，覺得像看見池中的金花一樣愉快。香蕉久已成熟了，但是國王禁止任何人去採摘。

　　卻說有一天，從前那個賣牛奶的女人，就是自己的小女孩被鷲鳥搶了去的女人，提了空牛奶罐頭走回家中去時，走過宮庭外，就

---

❶ “顆”今寫做“棵”。——編者註

在芭蕉樹下休息一回。很是奇怪的，那一球黃金似的香蕉，漸漸向牆外移出來，突然砰地一響落在那女人的膝上了。那女人不勝驚駭，心中想道："如果有人看見了，不要說我是偷香蕉吧。"她便將香蕉連忙藏在空罐頭裏，趕快奔回家裏去。到了家裏，便將這一罐香蕉藏在許多空罐頭的下面。等到吃過晚飯後，那女人才把拾得香蕉這件事告訴她的男人道："老傢伙，你去取出最最底下的一個罐頭來。那罐頭裏有著香蕉，我們去拏來吃吧。"

老傢伙把一個個空罐頭拋開，取出最最底下的罐頭來一看，不禁驚叫一聲道："啊喲!"趕快逃開一邊了。原來放香蕉的罐頭裏，香蕉不見了，卻躲着一個洋囝囝一般的美麗的女孩子了。那女人不信，走去看看，果然是一個美麗的小女孩，她眞是又驚又喜道："從前我的女兒被鷲鳥搶了去，一直傷心到現在。現在我們得到這個女孩兒，我們多麼幸福啊!"

那小女孩只是用著笑微微的眼睛，向著那賣牛奶的老夫婦看。一對老夫婦向小女孩說話，小女孩總是沒有一句回答。

後來這個啞子的女孩子一天一天長大了，過了一月之後，小女孩就長成為一個小姑娘了，但是還不會開口說話。

但是賣牛奶的老夫婦有著一個美麗的小姑娘這件事，終於傳佈開去，一直傳佈到國王的耳朵裏了。

國王思想道："那個美麗的姑娘，不要就是我的妻子太陽女吧。"於是在一天晚上，國王帶了兩三個最忠心的侍從一起去訪問那對老夫婦。國王親自去打著老夫婦的門。

賣牛奶的老婆從窗中伸出頭來看一看，見是國王來了，不禁大吃一驚，連忙將那美麗的姑娘藏在空牛奶罐的後面。接著老婆子裝得若無其事一般，走來開了門。

國王說道："人家說你們家裏住著個美人兒，請出來給我會會面。"

老婆子心裏想，如果這個小姑娘給國王看對了，娶了去，自己又要沒有女兒了，便說道："國王所說的話，我一點也不懂啊！這兒除了我們窮夫婦之外，沒有旁人的了啊！"

國王又詢問老婆子許多說話，但是那老婆子總是一言不答。國王便在這屋子裏，四周看轉來，真是除了一對老夫婦外，沒有別的人了。國王只好無聊地回出去。

國王回到宮裏後，連忙去放出那個老使女來，向老使女道："你到那個賣牛奶的老婆的地方去，好好兒和那老婆做個朋友。然後你細細探聽那老婆，現在把那個美麗的姑娘藏在什麼地方了，探聽到了，就來報告我。"

老使女依了國王的命令，每天到賣牛奶的老婆的地方去；不久之間，和那個老婆做成很要好的朋友了。

有一天，老太婆請出那個美貌的姑娘來和老使女相見，老使女一見姑娘，便驚喊起來道："啊！王后啊！"老使女連忙跪下，吻著王后的腳。

後來老使女便細細講述起來：王后幼時如何由鷥鳥夫婦撫育，如何與國王結婚，如何在庭中散步忽然失蹤，以及國王因之如何傷心，如何將她關入獄牢，等等，一齊都講了出來。

賣牛奶的老婆聽了這番講話，知道這個王后一定就是被鷥鳥搶去的自己的女兒。她想到自己和女兒這樣悲歡離合，真是快活到眼睛裏流出眼淚來了。

如今，老婆子覺得已沒有把自己女兒來隱藏的必要了，連忙就去迎接國王來。

　　國王一看見美麗的王后，真是驚喜交集，立刻走上前去和王后接吻。這一吻，卻奇怪，至今還不會說話的王后，這時忽然會說話了。後來國王就伴著王后回到宮裏去。那個可惡的王太后看見王后竟仍能回來的，心上也就懊悔萬分，向國王、王后請求寬恕，獨自去住在自己的房中，永遠不再出來。至於那一對賣牛奶的夫婦，王后的雙親，不久就被國王迎至宮中，很快樂地過了一生。

# 象的腳印

從前印度一個國度裏，有三個王子，最小的一個名字叫奇白佳。

奇白佳的兩個哥哥，都是極有氣力的，性子也是天生成的好勇鬥很，❶野蠻之至。他們倆常常住在南方的叢山中，不是和蠻子打仗，便是去捉野獸。

奇白佳的性子和兩個哥哥恰恰相反。他對於戰爭、狩獵等事獨不喜歡。他最以為有味的事情，便是一個人靜靜地在樹林裏小河邊散散步。靜寂是他的個性。所以人家不和他談話時，他總是一言不發。

國王看見小兒子性子特別愛好清淨，很是擔心，有一次問奇白佳道："你既不和哥哥們一起游玩，又不到山中去打獵，你心中到底懷著什麼希望呢？"

奇白佳王子道："父親，我長大後，我要十分用功，做成一個大醫生，以救護那許多病痛的人。"

國王不大歡喜奇白佳做醫生，便道："國王的兒子不做醫生的。"

王子不懂國王的話，便問道："父親，為什麼國王的兒子不能做醫生呢？"

國王回答說："既經❷要做醫生的話，那也沒有不許去做的。只

---

❶ "好勇鬥很"今爲"好勇鬥狠"。——編者註
❷ "既經"據文應爲"既然"。——編者註

是我要問你一件事，就是你不歡喜和我常在一起，究為何故?"

王子道："我想到沒有一個熟人的國度裏去，那末我在那兒可以十分勤勉地用功了。"

國王就誠懇地教訓道："我懂得了。你要去的地方你去吧。但是你到了外國，無論遇見何人，如果那個人的知識比你高強，你不曉得的，他曉得，那末你就應該尊敬他，請他把你所不知的事教給你才是。"

奇白佳後來就與父母、哥哥告別，裝作一個身分很低的人，夜間從宮殿後門出去，走上了旅途。走了五六天後，他遇見了一個和尚。

和尚問他："你是什麼人? 到什麼地方去的?"

王子說："我想做個醫生；從今後，我將去學習醫學。"

和尚便道："你既要做醫生，那末你暫時且住到我的地方去吧。你可以做我的一個弟子。"

王子聽著和尚的話，就住到和尚的地方去。

和尚把王子當作自己的兒子一般看待，非常愛護王子。僅僅一年之間，把種種醫學都教給了王子。

王子便將與和尚告別了。出發的一天，和尚對他說道："我已沒有什麼可以教你的了。現在你已是印度一個極有學問的人了。無論你想到什麼地方去，你都可去得了。但是最好你再到南方的山裏去一次，因為這是對於你很有益處的。你曉得南方的山中，住著的都是十分強壯的蠻子。你且和蠻子們同住若干時候看。……既然是蠻子地方，當然沒有什麼學問可以使你學習的，但你可從蠻子處學習捉野獸以及認識獸野❶腳跡等等神奇之術的。等到你學得了這種種技術之後，你就到我的弟弟的地方去。我的弟弟，由我的嘴裏說出來或許有點可笑，我的弟弟是一個極高明的醫生，尤其診治頭痛最為能手。他會得把頭顱切開來診治的，實在比任何人的醫法為巧妙。從我弟弟地方學好了切開頭顱的方法後，你再去尋覓一塊綠寶石……那綠寶石拏到最暗的地方去，也會像燈光一般明亮的。你得到這塊寶石之後，你真是要成為世界第一的醫生了。”

奇白佳王子感謝了先生之後就出發了。他遵照先生的說話，暫時到南方蠻子的中間去過生活。

蠻子們看見奇白佳王子，為人非常和善可親，便很優待他。蠻子們把捉野獸的方法，以及從察看野獸腳跡中知道那是什麼畜生、是幾種野獸、是幾匹野獸、是逃往什麼地方去的種種巧妙方法，都教給王子了。

奇白佳和蠻子們共住三年。他的狩獵本領便非常高強，竟不讓蠻子們了。

到了一天，王子和蠻子們告別，投向和尚的弟弟地方去了。

和尚的弟弟，年紀也已很大，關於醫學上的學術經驗，都極有心得。他看見王子非常賢明，便把王子當作弟弟一般愛護，將種種外科手術以及切開頭顱等等都教給了王子。

奇白佳王子住在這個醫生的地方已有二年，王子做醫生的本領已極高強，簡直比先生的手腕更勝一籌了。當王子要和先生告別，重返故鄉時，先生臨別贈言道：“你是想做一個國手，回到故鄉去救治病人，這是極好。但是未去京都之前，你務須去尋得一塊綠色的

---

❶ “獸野”爲倒文，應爲“野獸”。——編者註

寶石。有了綠寶石之後，那你眞是世界第一的好醫生了，國王一定
要任命你做御醫的領袖。至於那塊綠寶石在什麼地方呢，這是沒有
一個人曉得的。人家所知道的，這塊綠寶石是隱藏在一根比鐵還重
的木頭中，那根木頭皮上常常落下粉屑來的。"先生這樣半吞半吐地
說明那塊綠寶石的所在。

後來王子感激了先生一番，就走向京城裏去了。

有一天，王子看見一個老人家，跪在家門前的大路上，做早晨
的禮拜。

奇白佳王子看這老頭兒是一位良善的百姓，便和老頭兒談話起
來了。王子把旅行中所遇到的種種奇聞怪事，一椿椿講出來，講得
極有趣，只有自己是個王子這一點，他沒有說。

從頭聽到尾的老頭兒笑著說道：

"照你所講的說話聽來，你簡直是一個大偵探了。不在你面前做
的事，你也有一種力量可以曉得那事情了。"

"你要試試我嗎？"王子笑著說，"你且想出點事情來叫我猜猜
看。但是猜透了，你不要驚奇啊。"

老頭兒便道："那末，我來問問你，今早在這路上走過的，是什
麼人物？"

奇白佳王子先在路上走了一回，接著說道："最初走過的是一個
搬運木料的人。那根木料是非常重的，搬運木料的人卻是個瘦子。"

聽了王子的話，老頭兒不禁大驚。原來早上最初走過的，確是
一個搬運木料的瘦子，而且木料是極重的，完全像王子所說的話。

王子繼續說道："其後是一匹象走過。那匹象是雌的。趕象的人
不是男子，卻是個女人。象的左後足因為受了傷，所以跛著走的；
象的右目又是盲的。"

老頭兒簡直發呆了，說道："確然如此，你完全像煞看見的一般，被你完全猜到了。"

王子又說道："再經過一小時後，有個男人趕著一部牛車走過。因為要趕快走，便鞭打著牛，幷且叫狗在牛的四周吠叫跳踉。"王子的說話簡直像瀑布一般瀉下來，彷彿❶不用思慮似的。

老頭兒聽了王子的話，眼睛睜得如銅鈴般大說道："完全如此！完全如此！恐怕你是在此地看見的，否則那裏會知道的如此詳細！"

王子道："你且聽下去。牛車過後，一個賊從森林裏逃出來。因為看見了你，賊就停步了。恰巧你那時閉目祈禱著，賊就趁此逃去

---

❶ "彷彿"今寫爲"彷彿"。——編者註

了。但是賊已受了傷、如今尚未逃往遠處的。"

老頭兒更加驚異了，問道："走來個賊麼？"

兩個人正在這樣談話時，忽見三個人從森林那兒走來了。那三人不知道往這邊好，或者往那邊好，躊躇不決。王子看見了這三人，便對老頭兒說道："剛才我說的一個賊，昨天夜間到王宮裏去偷了東西。那三個人是衞兵，追蹤著那個賊的，後來追到森林的地方，看見賊了，便射了一箭。賊是受傷了，但賊很乖巧，藏過一邊，終於逃脫了。"

三個兵看見老頭兒和奇白佳王子在談話，便走上前來，問道："你們看見有人經過此地嗎？"

王子答道："如果是一個賊的話，那是在一小時前就逃到那邊去了。你們為何如此遲緩？"

兵士們奇怪道："你如何知道我們是追賊呢？"

王子說道："這是現在才知道的。總之，賊逃到左邊去了，但是還未逃遠的。"

三個衞兵請求王子道："你比我們還清楚。能不能和我們一起去捉賊嗎？"

奇白佳王子回頭向老頭兒說道："請你等我回來吧。"說完話，王子就和三個衞兵一起去追賊了。

王子走在兵士們的前面。他一邊走著，一邊仔細觀察地面。兵士們最喜歡說話，屢屢向著王子詢問種種的事情。王子便警告道："我們不可多說話。要靜靜兒的。賊一聽見我們的聲音，就要逃走呢。"

走了一回，走到一座破屋子裏了。王子把手遮在嘴上，叫兵士們不要作聲。

王子和三個兵踏進破屋子，就看見那個賊橫臥在一個牆角裏。兵士們就把賊綑綁起來，問道：「你偷去的寶貝現在放在什麼地方？」

那個賊假作癡呆道：「什麼寶貝？我不懂得你們說話的意思啊。為什麼把我綑綁起來呢？」

「你不是偷了王宮裏的寶貝嗎？」

「我沒有偷，你們不要弄錯了人。」

「你不要賴了。我在林子裏看見的賊，就是你。你腿上受著的傷，就是證據。」

「你們講的什麼。但是什麼王宮寶貝，我完全不知道。森林裏確然是我。我因為心裏很暢快，就在林子裏睡一回覺。忽然，我聽見有腳步聲來了。我想是強盜吧，我就逃出來。我以為那林子裏有着許多強盜的。倘然被他們殺了，豈不冤枉。可是逃出來時，被人射了一箭。」賊隨口亂說一套話。

和善的兵士們當賊說的話是真話，大聲道：「如果你不是賊，至少是個呆子。」

賊和兵士們講話時，奇白佳王子獨一言不發，只走到賊身邊去，仔細查看賊的身體四肢。他解開了賊的腿上的繃帶，替賊在傷口上放上一張樹葉，又照舊繫好了繃帶。

賊俯下頭來，溫良地說道：「醫生，傷口已不痛了，謝謝你。」

一個衛兵便問王子：「你知道這個人的嗎？」

王子笑著說：「我和這個人相見，今天還是第一次。但這是何等樣人，我已很知道的了。這個人以前做的什麼生意？從昨天夜間起到此刻為止，他在什麼地方？做什麼事體？要我講出來嗎？」

兵士們一齊說：「請你講啊。」

王子便說道：「這個人誠如你們所說的，確是一個賊。昨夜他偷進宮殿裏去，登上亞旭加大樹，只等夜深。後來等到時候來了，他便跳下樹來，從男用人的房間裏走入宮殿中。原來這個人是賣磁器的，常常到王宮的廚房裏去賣碗，因此宮殿裏的門戶，他都很熟悉。他在黑暗裏，很平常地走進了安放寶貝的房間。放寶具的一間房子，從天花板到地上都是鋪著鹿皮的。他等到一看見寶貝，立刻拏了寶貝從窗中逃出去。恰巧窗外有著一種爬籐的植物，他連忙握住了籐蔓降下地去，可惜籐忽折斷了，他就跌在地上。暫時之間，他氣絕了。但是聽見宮殿裏大大騷動起來了，他趕快爬到一垛土牆上，逃下土牆，就逃向森林裏去。這時，月亮恰巧衝出了層雲，你們就看見了他。接著，你們就射了許多箭，其中有一枝射中他的腿上。他便藏在草堆裏，一直等到你們走了，他才又逃走，逃過剛在我和老頭兒談話的地方。他逃了一段路，繃帶寬鬆了，他把繃帶再結好來；可是因為流血過多，已不能走遠路。恰恰看見了這間破屋子，他就藏匿在屋中。他偷去的寶具是藏在一個泥土捏成的東西裏。"

默然聽著的賊，覺得王子彷彿親眼看見他的一般，他立刻面孔發青，完全承認，向王子道："你是應用妖法的。"

王子不去理睬他，說道："早點領我們去拏出寶貝來吧。"

衞兵們立刻放鬆了賊身上的繩子，同賊一起走到屋子的後面去。搬開一塊石板，取出一個用泥土來做成的圓球。把球剖開來，果然就看見那件寶貝了。

奇白佳王子和衞兵們帶着賊，一起回到老頭兒的地方來了。

老頭兒看見這羣人走近來，便問道："你們把賊捉住了沒有？把寶具拏回了嗎？"

那個衞兵隊長道："賊旣捉住，寶貝也拏回了，但是全靠這位先生呢。如果沒有他，我們旣不能把賊捉住，也難拏回寶貝的。"接著，隊長便向奇白佳感謝一番，并且請教王子的名字。王子沒有把眞姓名說出來，只是隨便說了個奇奇怪怪的姓名。

兵士們又向王子感謝了一回，才帶著賊回王宮裏去。

老頭兒對王子說道："我簡直像在夢裏一樣，一切我都不懂。你如何知道今天早上走過此地的：最初是一個搬運木料的瘦子；其次是由一個女人牽著走的獨眼象；後來是部牛車，車夫打著牛，還有狗在牛的四周吠叫跳跟的呢？這一切我都不懂啊。請你從頭到尾講個明白，肯嗎？"

奇白佳王子道："我有仔細觀察事物的習慣。我所以曉得今天路上經過的人物，也不過是觀察的結果罷了。第一我先看搬運木料的人的腳印，看見腳印很深，便曉得他是用力走的；但是腳印又極小，便知道他是一個瘦子。并且因為他的腳印忽而側東，忽而側西，立刻就知道那搬運的東西，一定是很重的。又因路上留着木料皮上落下來的粉屑，便知道搬運的是木料。"

老頭兒又問題："但是你如何知道此人走過之後，走過一頭象呢？"

"那也沒有什麼玄妙。因為人的腳印被象的腳印踏去了的緣故。"

"但是你如何知道那匹象是雌象呢？"

"這是更加容易知道的事情了。因為雄象的腳印是圓的，雌象的腳印是細長的。路上的象腳印卻是細長的，所以斷定是匹雌象。"

"象的跛腳，你又如何知道的呢？"

"我看見象的左後足的痕跡最輕，大抵這隻腳是壞了的緣故。"

"但是象的右眼瞎了，你難道也從腳印上看出來的嗎？"

"這因為我看見象在路上吃草，只是吃左面的草的緣故。牽象的女人雖則是走在右邊，但右面的草，象總不會一點也不吃的。現在象吃去的草，只是左邊的草，便推知象的右眼是盲了。"

"你怎麼又知道牽象的是女人，而且走在右面的呢？"

"那仍然是看腳印啊！"

"你如何知道象走過之後經過一部牛車呢？"

"那是因為看見車跡交於象腳印上的緣故。"

"你也會知道車夫鞭打著牛的，是什麼道理？"

"這是因為看見牛腳印紊亂的緣故。鞭打著牛時，牛嚇了，跳起來，腳印在地上便很深。牛的四周還有許多狗腳印，就知道狗在牛身邊跳踉吠叫。"

"這一切，我現在都明白了，請你講那個賊吧。"

"第一，我從那森林裏一直過來的腳印上觀看，便知道那個賊是用著腳尖在牛腳印上走的。這是賊的經過是在牛車之後的明證。那個賊看見了你，便立定三次，三次的腳印就比較鮮明。用著腳尖走的，一定是犯了什麼罪的犯人。那時你恰巧閉著眼睛做早上的禮拜，所以你沒有看賊逃到什麼地方去的。及至我和衛兵們尋到了那個賊之後我把賊的身體四肢以及指甲、頭髮、傷口上的繃帶，等等細看一回。看見他右手滑澤，左手粗糙，便曉得他是一個磁器匠。原來做磁器的，左手搖著車子的，所以左手粗糙。其次，在他的頭髮裏又發見亞旭加樹的種子。這種樹木，除了王宮的庭中以外，附近是沒有的，所以我知道他爬進土牆之後，就登上樹去的。我又看見他的指甲裏粘著紅砂。紅砂是日常散播於廚房四周的東西。因此我知道他走進廚房裏去的。上面說過，他是個磁器匠，所以常常到御廚房裏去賣磁器，便從廚子們的嘴裏，聽到貯藏寶貝的地方。"

"你真是一個聰明人哪！"老頭兒聽到這兒，不禁大大讚美起王子來了。

王子繼續說道：“那個賊的身上又粘著許多絨毛，就可知道他到過舖鹿皮的房間裏去的。”

“但是你如何知道賊從窗中逃出去的呢？”老頭兒又問起來了。

“那也容易知道的。那個賊的兩隻手上，染著綠色與紫色的污穢。這種顏色的穢點是因為揉碎了花葉而染上的。并且左手兩個指頭，右手一個指頭，好像用繩子結緊過的一般，便可知道他如何慌忙地從籐蔓上降下來了。此外，我還考察他的身體，看見臀部和左肘、左耳上都有青紫的斑痕，這是從高處跌下的痕跡。頭髮裏粘著泥土，更可證明他因仆跌氣絕，而至橫臥於地。如不氣絕，他決不會橫臥於這種地方的。”

“像你這樣的富於想像，那個賊也只好自白了。”老頭兒讚嘆一回之後，像剝繭抽絲一般再問下去道：“但是你如何知道他把寶貝藏粘土的東西裏呢？”

王子道：“這也沒有什麼難懂。這個賊是磁器匠，這是第一點；賊在這個屋子裏以前住過的，這是第二點。他曉得屋子小，寶貝無藏匿之處。沒有方法，他只好把寶貝藏到粘土裏去。”

王子把一切說得明明白白。老頭兒聽了，當然萬分滿意。

這次恰輪到王子問那老頭兒了：“我想去買那瘦子所搬運的木料，你肯同我一起去嗎？”

老頭兒自然滿口答應，於是兩人立刻就去追那個瘦子。不久把瘦子追著了。照瘦子所要求的價錢，王子買下那根木料，立刻把木料劈開來，王子果然找到了一顆綠寶石。綠寶石是稀世之寶啊，是醫生唯一的利器啊！

這時候有一個乞丐哭泣著，從對面走過來。王子看見了，便問道：“你為何如此痛哭流涕啊？”

乞丐痛哭著說道："我的頭裏像有鐵針刺著一般地發痛。"

"不要憂傷，現在我就來替你診治。"王子說著話，便取出那塊綠寶石來放在乞丐的頭上。

王子一看綠寶石，不禁吃了一驚，大聲叫道："懂了！懂了！你的頭痛，那是因一條百腳蟲從耳朵裏爬入頭中，現在正在吃你頭中的肉，所以痛得要命了。"

乞丐聽了，不勝驚駭，哀懇著王子道："先生，請你就把百腳蟲趕去吧，救救我的命。"

王子便在地上掘了一個洞，叫乞丐立在洞裏，只露出一個頭在地面，然後再把泥土堆積在頭頸四周，這樣好使乞丐的頭一動也不能動了。王子就把乞丐的頭割開來，取出了百腳蟲，重將頭顱縫好，開刀處又貼上了藥草。

痛哭流涕著的乞丐等到取出百腳後，便道："先生真是起死回生的國手，我完全不痛了。"接著乞丐就請求走出洞中，後來又感謝了王子一番才去。

老頭兒看見王子這種神妙的醫術，真是佩服到五體投地，說道："你的手術如果被國王聽見了，一定要叫你去做御醫的領袖的。"

那時候，先前追捕那個賊的兵士們忽然又走來了，向王子道："國王要知道你的偵探的方法，所以特地來請你去的。"

奇白佳王子於是和老頭兒暫時告別，跟著兵士們到王宮裏去了。恰巧那時候，國王的頭上生著一顆瘡，非常痛苦著，許多御醫一時又看不好。

走到國王面前的奇白佳，看見國王一副苦惱的樣子，便稟告道："如果這顆瘡不就開刀，一時決不會好的。"

國王以及全宮中的人，雖則尚未知道這個人就是王子，但是曉得他是一個大偵探，同時又是個大醫生，因此國王立刻請他動手術。

奇白佳先將一張膏藥貼在瘡上，使瘡化膿，接著又拏出那塊綠寶石來，又在浴盆裏放下了藥草。一切都預備好了，就請國王入浴。先將浴盆裏的水潑在瘡上，接著就用刀切開了瘡，瘡裏的膿水一齊湧出來，於是再用水來洗，最後再用藥草塗塞那傷處。國王受手術的時候，竟一點也不感覺痛苦。國王摸一摸頭上，那顆瘡完全平坦了，再用鏡子一照，不禁驚嘆了，因為頭上連瘡疤都沒有一個的。

飯後，國王召集大臣在一起，說道：“那個年輕的醫生，治好了我的瘡，我想任命他做御醫的領袖。”

國王立刻就召奇白佳來，說道：“我現在任命你做御醫長。至於捉住盜寶賊的功勞，當另有賞賜。”

王子唯唯應命。

接著國王又問道：“你究竟從什麼地方來的？像你這樣年輕，怎麼醫法如此神妙？”

奇白佳王子說道：“國王，我是遵從父言，要做一個俯仰無愧的醫生。父親對我說要我獨自一人去步行世界，獨自去努力。我就照父親的說話做了。”

國王聽了，便道：“那末你的父親是什麼人呢？”

這時，奇白佳王子便俯伏於地，說道：“國王，請聽，我就是你的兒子，奇白佳王子。”

國王一聽見就是奇白佳，真是快活到無以形容了，連忙抱起王子來，說道：“今天真是幸福的日子，我等待了好久好久的兒子，今天果然回來了，啊啊！我真幸福啊！”

奇白佳王子於是不僅做御醫長，並且被任命為總理大臣了。

# 眞珠王子

從前，印度地方，有個財產極富的國王。那個國家非常繁榮，百姓都很幸福。國王和王后住在華麗的宮殿裏，當然更是幸福了。凡是國王心裏想要的東西，自然樣樣都能辦到。但是有一件事，卻不能趁國王的心立刻就能辦到，那就是國王想有個王子，王后卻一個兒子也不養。他於是時時刻刻求天，希望有個兒子。到後來，王后居然養了一個兒子了。國王和王后固然快活非凡，就是全國國民也都歡喜異常。

王子的名字叫張大來，是一個可愛美麗的嬰孩。王后非常寵愛他，簡直愛到想吞進肚裏去似的。王子周歲時，國王替王子做生日，特地大開宴會。國民也都把國旗掛起來，把鮮花裝飾起來，大家歡歡喜喜、快快活活休息一天。

但是那時候，這個國裏的偉大人物，沒有一個沒有仇敵的。就是國王，也有一個敵人。那個住在大森林的強盜，便是國王的敵人了。大盜眼見國王受著全國人民的敬愛，非常幸福地過日子，心中不免很為妒忌。他自己雖有許多珍寶，但是人人都厭惡他，一點幸福也沒有的。因此，他決心要把國王弄到為世上最最可憐的一個人。因此上，他便從魔王學習，不久就學會了奇怪的妖術。

全國人民正在慶祝王子周歲生日的時候，這個大盜，身上也穿了禮服，扮成一個很正直的紳士，到國王的宮殿裏去祝賀。他右手中擎著一串珠項圈，向那守宮殿的衞兵說道：

"我是擎這串珠項圈來貢獻給王子的，請讓我走進宮中去吧。"

大盜得到了衞兵的允許，立刻就闖到宮中去了。文武百官看見那串珍珠，個個稱奇，人人讚美，接著有一個侍從，就把珍珠項圈獻給國王。

那串珍珠眞好，粒粒像明星一般閃爍燦爛，站在旁邊的人看見了，也要幾乎為之眼花的。

國王很是歡喜這串珍珠，問那大盜道。

"你是從什麼地方來的?"

強盜答道："我是從一個水鄉裏出來的。這串珍珠，原來為一女王所有，是一件稀世之寶，是具有神力的一個項圈。把這珠項圈一套在小孩子的頸項裏，那個小孩子就能成為世界上最賢明最有為的勇士的。"

國王聽了，歡喜之至，於是就叫人把好東西給大盜喫，把許多金子給大盜用。此外，國王還問那大盜，還有什麼要求，要叫大盜說出來。

但是那個大盜，好東西既不要喫，金子也不要用，他說："我是一個喫樹皮草根的人，在這樣華麗的宮殿中，喫著好飯菜，反而覺得不適意的。至於金子，我也不要。現在國王既經問我要什麼，我就說吧，我只希望見一見王太子。"

國王允許了，便叫大臣們立刻到王妃的宮中去請出王子來。這邊的大盜一見那抱著王子的王后，是那麼的美麗！心中不禁暗想道："哈哈，我懂了！國王因為有著這位美貌的王后，所以生活是極幸福快活。要是這位王后愛上了我，做了我的妻子，那不是我便幸福，國王反而不幸了嗎?"

　　大盜最初是想把那珠項圈套在王子頭裏時，唸了一種呪語，使王子不到長成就死去的；但是現在一見這個美貌的王后，他的念頭就完全改變了。

　　大盜望著王后懷中的王子，連連讚美祝禱。王后聽了，很是快活，不禁笑了。王后的笑顏像比十五夜中的滿月還要美麗，她說話的聲音像比黃鶯的鳴聲還要好聽，她的笑聲像比澄清的小河裏的水流聲還要清朗。大盜心中私自想道："我非把這位美貌的王后帶出去不可！"

　　他便從衣裳裏面拏出一枝妖術的手杖來，將手杖一揮，面前的許多大臣立刻一個個都睡去了。手杖又一揮，美麗的王后忽變成一頭黑毛的小狗。手杖再一揮，黑毛的小狗也就睡去了。

　　這個大盜抱著小黑狗，走出宮門。他又施展妖法，將王后關在森林中的一個高塔裏。他歡喜地說："等到王后答應做我妻子時，才把王后解放。"接著他回到森林中自己的家裏去了。

　　至於那王宮中呢，國王拏了珠項圈，正想去給王后看了，可是一踏進王后的房裏只見滿房的人都已睡去了。王子也睡熟在那兒，只是王后卻不見了。國王到各間房中去找尋，也總找尋不出來。沒有法子，國王只好仍舊回到王后的房裏去。他將手撫摸王子的前額時，偶然將珠項圈碰觸著王子的面孔，王子突然醒了，睜開眼睛笑著。國王這時候才知道這個項圈眞是具有異常的神力的。他把項圈去觸著睡去的許多人的面孔，果然個個人立刻都醒了轉來。

　　國王連忙問他們道："王后到那兒去了？"

　　竟沒有一個人知道。

　　其時一個年老的婦人說道：

　　"國王啊！那個從水鄉裏來的男人，一定是應用妖術的。他揮了一揮手杖，我們就都倒地睡去了。我們睡去後，究竟出了什麼事體，我們一點也不知道。”

國王便去叫門崗來問，有沒有看見那個送珠項圈來的人走出去。

門崗回答道：“那個人進門來時，手中拏的是一條珠項圈；出門去時手中抱著一隻小黑狗。”

衆人推想王后一定被那個人搶去的了。

國王傷心到大哭起來，甚至把自己的衣服都扯得破碎。

後來，國王派了許多勇士出去搜尋王后；但是勇士們一旦出去後，不僅沒有搜尋到王后，甚至勇士們自己也都永不回來，國王雖則有幾個弟兄的，但是沒有一個弟兄是在國內的，國王終於成為世界上不幸的孤零人了。

歲月忽忽，轉眼間已過了十四年。國王還是傷心著王后，常常說道：“王后永不再回來了吧。”

國內的人民也個個傷悲，以為王后永無回來的日子了。

那個王子到這時候，倒已長成得很魁梧，是一個身強力壯的勇少年了。有一天，他從祖母的嘴裏，聽見說，有一個強盜，闖進宮中來，施用妖術，將他媽媽搶了去；到如今已有十四年，還不見一點眉目。他就趕到父親國王的面前，說道：

“爸爸，我周歲時的一串珠項圈，請你給我戴一戴，我一定能夠把母親找回來的。”

國王最初想兒子這樣年輕，怎樣可以去找尋王后，但見兒子非常熱誠，也就拏出珠項圈給兒子戴了。

王子把那項圈向頭頸裏一套，真是奇怪，王子的身體立刻就長大起來，已不是小孩子了，是變成為一個強壯的勇士了：眼睛裏充滿著知慧的光明；嘴裏喊出來的聲音，也是非常洪大，可以懾伏一切的人了。從這時候起，國內的人民就稱王子為眞珠王子。

王子宣言道："不論走到什麼地方都可以，我總要把母親尋回來。如果找不到母親回來，我也永遠不回來了。"

國王祝福王子平安地達到目的，無恙歸來，送王子出發了。

王子從都城中出發時，有許多侍從們暗地裏跟著走去的，跟到森林的地方時，忽見一匹猛虎攔住王子的去路。但是王子竟一點不怕，仍是向前走去。那匹猛虎反而怕起王子來了，就從旁邊的一條路上逃避開了。一個侍從立刻把這件事情去報告國王。

國王說："這是一個吉兆，但是王子總還要遇見別的種種危險吧。"

王子愈走愈到森林的中間去了，跟著的一班人心中害怕，大家便不敢再跟著前去，只好回到宮中。

王子一個人穿過森林，踏過原野，登上險路，一路走去，毫勿休息；到頭來腳走酸了，身體也疲乏了。就橫下地來休息一下，不知不覺間，王子就睡去了。

睡了多少時候，王子自己也不曉得，只是聽見一種聲音，忽然驚醒了。他向那發出聲音的地方一看，只見一條大黑蛇，正從樹幹上爬上去，要去刼略樹頂上鷲鳥的窠。窠中的小鳥看見黑蛇漸漸蜒近來時，就大聲地喊著求救。王子立刻跳起身來，將劍一揮，把毒蛇斬成兩段。黑蛇的兩段身體立刻都跌在地上；但是奇怪，那兩段身體在地上竟會漸漸接近起來。終於仍接成為一條活潑潑的大蛇。這條斷而復合的大蛇，還是向著鷲巢爬上樹去。王子於是把蛇斬成三段；但是這三段身體還是併成一起而復活了，并且還是要刼畧那鷟巢。這時，王子發很❶了，把蛇切成好多段，并且把蛇頭埋在一處地方，把蛇尾埋在另一處，把其餘各段身體又各各分埋。這條大黑蛇終於變成為蟻蟲的食糧。

那兩頭老鷟鳥回到巢裏時，知道王子救護了小鳥，非常快活，向王子道："我們的祖宗曾經預言說：'有一個王太子將救護你們的。'原來這條毒蛇老是喫去我們的子孫，現在果然照祖宗預言所說，幸虧王子的救護，斬斷了我們的禍根，我們子孫便可安心生活了。王子，你給我們這樣的恩惠，我們終生不會忘記你的。王子，你如有什麼時候要用得著我們了，請你就呼喊我們，我們一定從命的。"

後來，王子和鷟鳥分別之後，仍向前進。走了許多路，又走到一個森林裏了，因為走得疲乏了，王子又睡去了。但是正睡得很好的時候忽聽見身邊有起哭聲來了，王子睜開眼睛一看，只見一頭牡鹿因為兩隻長長的角被樹枝勾住了，拔不出來，所以哭泣著。王子便提起劍來，將樹枝砍斷，恢復了牡鹿的自由。牡鹿非常感激王子，說道："如果沒有王子，我一定要送命的了。因為我的角被樹枝鈎❷住時，如果來了一匹老虎，我是一定被老虎喫去的。王子，你給我的恩惠，我此生總也不會忘記，將來你用得著我的時候，請你呼喚著我，我一定服從王子的。請記得我是世界上最跑得快的東西。"

王子與牡鹿分別之後，仍向前進。走到天晚時，看見一家人家，王子就走了進去。他看見屋子裏住著一個老婆婆。

那老婆婆一見王子的面，就說道："好一個威風凜凜的年輕勇士啊！你到這兒來，沒有遇到一點恐怕嗎？這兒是我兒子的家。我的

---

❶ "發很"今寫作"發狠"，下不另註。——編者註
❷ 前文"鈎"爲"勾"。——編者註

兒子原來是一個樵夫，現在卻已拜了這個森林裏的一個強盜做老頭子，做了強盜的徒弟了。那個強盜是會妖法的，如果你被他看見了，他便要把你變成為木石的，正像那許多搜尋王后的武士們一樣呢。”

王子聽了，非常欣喜，說道：

“承蒙指示一切，感激之至！我想，像你這樣一位親切的老婆婆，如果看見我逢到什麼危險時，一定肯幫助我的吧。”

老婆婆便問道：“你是什麼人呢？”

“我就是王后的兒子；我是來追捕那個使用妖法的強盜的。國王因為每天思念著王后，我的母親，精神日衰，身體日弱。那個強盜把我母親變成黑狗劫了去的時候，我只有一歲。但是我至今還記得母親的呢。夜夜我夢見母親的，有時夢見她對我笑，有時夢見她對我哭。”

老婆婆聽了王子的話，非常同情，說道：“你的媽媽也老是思念著你，也說夜夜夢見你的。好吧，我一定使你母子倆能得相見。”

到了夜間，喫過夜飯之後，老婆婆叫王子扮做一個美女子，身上穿了女人的衣衫；頭髮分散了，上面還插著薔薇花。

那個強盜的徒弟，老婆婆的兒子，回到家裏，看見王子時，便問道：“這個年輕的姑娘是什麼人啊？”

老婆婆答道：“這是我妹妹的女兒。因為她爺娘都沒有了，特地投奔到我的地方來的。”

兒子道：“但是我的老頭子如果看見這位姑娘時，或許要把她殺死的呢。”

老婆婆說：“正為了這個緣故，我想和老頭子去講個明白。”

到了下一天，老太婆帶了王子一起到那強盜的地方去。她向強盜說：“因為我妹妹的女兒投奔到我處來了，所以我特地來告訴老頭子一聲。這位姑娘倒有點小本領的。她最懂得藥草。她知道有一種藥草，人一嗅之後，會對於素來厭惡的東西，變為極其愛好的。」

那個強盜聽了老太婆的話，倒很歡喜，說道：「好極了！她有的本領，我倒沒有的。我的美貌的俘虜至今還是討厭我，我正想用個怎樣的方法，才可以使她愛好我起來。現在你的侄女既經知道那種藥草的，那末就叫她尋這種藥草來給我吧。」

老太婆道：「但是那藥草一定要叫俘虜嗅著，才可以有效力呢。」

強盜說：「那末就請你侄女每天拏鮮花到塔裏去；等到後來，就把藥草叫那俘虜的王后嗅好了。」

下一天早上，扮著女人的王子，就到塔裏去看他的母親了。

王后一見王子的面，就說道：「小姐啊，你眞像我的兒子呢。」

王子連忙從懷中取出那串珍珠來給母親看，說道：「我正是你的兒子，母親啊！」

在王后看來，這眞夢裏也想不到的事情。母子兩人便相抱著痛哭起來了。王子後來說道：

「我是為了要救媽媽，所以到此地來的。請媽媽照我的計劃做去，我一定可以打倒這個萬惡的強盜，而把媽媽救回去的。強盜今早到此地來時，請媽媽對他說：『我可以和你結婚的，只是還要讓我想一想，所以要請稍稍等待一下。』強盜聽了這樣的話，一定歡喜，一定會改變態度的。在這期間，我便可想個打倒這個強盜的方法了。媽媽，請你這樣做去，我想一定有好結果的。」

王后決心照兒子的說話做去。

王子從王后的地方走出來後，就到強盜的地方去，說是王后已把藥草嗅過了。

強盜聽見王后已嗅過藥草，心上非常欣喜，趕快奔到王后的塔中去。

王后一見強盜，便改變往日冷淡的態度，微笑著說道：“我可以和你結婚了。”

強盜歡喜到極點，便叫道：“那末立刻就舉行婚禮吧！”

但是美麗的王后說道：“婚禮且慢一點舉行好。因為我要看看你是不是眞心愛我，看你能不能把你祕密完全告訴我。”

接著王后就問強盜道：“你是永久不死的嗎？世上沒有一個人能殺死你的嗎？”

強盜望著王后的面孔，反問道：“為什麼你要詢問我的祕密呢？”

“你旣做了我的丈夫，如果你逢到什麼危險時，用怎樣的方法才可以防禦，這不是妻子應該知道的事情嗎？”

強盜聽了王后的說話，心裏異常感激，便把種種秘密告訴王后道：“我的生命是被一隻綠鸚哥所掌握的。那隻鸚哥是住在森林的中間，由幾個叫羅刹的惡鬼看守著。森林的四周，包著一條火的河流，所以沒有一個人能夠走到森林中去的。鸚哥的旁邊，有七個水瓶，瓶裏都滿裝著水。如果七個瓶裏都沒有水了，鸚哥便飛不起來。”

王后聽了強盜的報告，笑著道：

“那末沒有一個人能夠到鸚哥的地方去，取你生命的了。我聽了你的話，我眞可以放心了。”

到了下一天，王子到塔中去時，王后把強盜的祕密完全告訴了王子。

王子大喜，立刻就要到綠鸚哥的地方去。他向憂心著的母親說道：“媽媽，你安心好了。我有著那串無限威力的珠項圈，我一定會成功的。我如果不去，我和媽媽的一生便將永遠在這林子裏送去。況且父親年紀已大，所派遣出來的武士都已變成為木石，我不救出媽媽，父親要看不見媽媽了。安心等著我好了，媽媽，我一定會成功的。”

這一天晚上，王子就出發。他走了一夜的路，到天亮時，忽然想到那匹牡鹿了，他便呼喚道：“牡鹿來啊！像風一樣迅速的牡鹿來呀！”

王子的呼聲還未息滅，牡鹿已來王子面前了。

牡鹿道：“王子有什麼事情呀？請告訴我，我一定服從的。”

王子道：“你帶我到那個住著一隻綠鸚哥的森林裏去。據說那個森林四周，圍著一條火河，并且還有惡鬼看守著的。”

鹿說：“騎在我背上好了。我送你到那個森林裏去。”

王子立刻騎上了牡鹿的背，鹿就飛奔前去。奔過山，穿過森林，渡過河流，跑過平原，到頭來，聽見惡鬼的吼聲了，是到了那森林的邊上了。森林的四周果然圍著一條火河，卷動著炎炎的火光。

鹿說：“我到此地，已無能力可以前進了。就在此地，我等著你回來吧。”

王子這時便想借用那鷲鳥的力量了，叫道：“來呀大鷲！高飛力強的鷲鳥來呀！”

這樣呼叫時，大鷲已經飛到王子的頭上了，向王子道：“斬殺黑蛇的勇士，你有什麼命令我，我一定服從你的。”

“我要叫你帶我到這個森林中的綠鸚哥的地方去。”

巨大的鷲鳥立刻就銜著王子身上的衣帶，將王子啣了起來，飛過火河，飛到綠鸚哥的地方，然後把王子放下來。

王子先把七個水瓶一推翻，好教那鸚哥無從飛去，然後卽將鸚哥捉在手裏。那時候，惡鬼的吼聲吼得震天動地，火河裏的火焰也想跳躍過來抗拒。但是鷲鳥已將王子的衣帶啣在口中，將王子帶到林外，放在牡鹿背上了。

惡鬼們看見這樣情形，大聲狂呼著，追上前來，但是牡鹿走得像風一樣快，惡鬼們終於追不上來。不久，王子回到強盜的領土上了。

這時，強盜從他的妖法裏，知道關於他自身的危險已迫在眼前了。他想王后一定把他所說的祕密告訴人家了，憤怒的火焰從他頭上冒起來似的，他提了妖法的手杖，就趕往關著王后的塔裏去。

恰巧這時王子也已趕到了，王子看見強盜奔向塔上去時，連忙將那手中的鸚哥高高呈了起來，呼叱道："喂，強盜！如果你不聽我的說話，你的性命休了！"

強盜一見那隻鸚哥已在王子手中，面孔就發靑，身體就發抖，慌忙道："勇敢的少年啊！你如有什麼命令，我無不服從，我只要請你把鸚鵡回了我就好了。"

王子道："你為什麼要這隻鸚哥？這是我的最重要的一頭鳥啊，無論如何我總不放手的。"

強盜偷偷地一步一步走近王子身邊來，說道："你要什麼東西我都可以給你，只要你能把鸚哥回我。"

王子怒吼道："不要走近來！"接著王子就從鸚哥身上拔下一根羽毛來丟在地上。強盜一見羽毛落地，身體式式發抖，立刻就停步了。

王子又怒吼道："你知道我是什麼人？我就是被你搶來關在塔中十四年的王后的兒子啊！"

強盜聽著王子這樣的吼聲，便跪倒在地上，請求饒命道："啊啊！王子，請你捨了我條狗命吧！"

“如果你要性命的話，那末先把那被你變成木石的武士們恢愎❶過生命來！”

強盜立卽將兩手向四面扇了一扇，四面的木石立刻都跳了起來，恢復為原來的武士。

強盜於是再懇求說：“王子啊，現在請你把鸚哥回了我吧。”說著話時，他暗地裏想揮動他的魔杖。不幸被王子看見了，王子立刻就折斷了鸚哥的右翼。眞是奇怪，強盜的右臂同時也就拆斷，落在地上了。

強盜還想用左手去拾起那根魔杖來，但是王子這時把鸚哥的左翼也折斷了，強盜的左臂於是也就落在地上。

沒有右手，沒有左手，只剩一個身體兩隻脚的強盜，雖則什麼也做不出來了，還是流著眼淚哀求道：“王子啊！請把鸚哥回我！”

王子卻又命令強盜把全部的財產去獻給國王。

強盜已無法反抗，滿口答應說：“我的財產全部貢獻給國王了。”

聽見強盜已經宣言把財產全部貢獻給國王時，王子便道：“你這傢伙已一點也沒有用了！”說著話時，就把鸚哥的頭絞斷。可憐那強盜同時也就慘叫一聲，倒在地上，死了。

王子回頭就往塔中救出了王后，接著聚集了變成過木石的武士，排著隊伍，車了強盜全部的財產，十分勇武地回到本國。

國王以及全體國民，對於王后、王子和武士們的歸來無不欣喜萬狀，衆口一辭讚美著王子的勇敢。

國王連忙將王位讓給了王子。王子治理國務，井井有條，國民也都享著幸福。這個新國王有一件事傳為美談的，就是在國王的頭頸裏常常掛著一串珍珠的項圈。

---

❶ “恢愎”應爲“恢復”。——編者註

# 女星故事

天上有三個美麗的女星。她們從天鵝絨樣的天空裏，戀慕地遙望著下界。她們都想到地上來。她們大家都說："到那個繁盛的森林裏，開著蓮花的池中去沐浴，是多少的暢快啊！"

到了下一天晚上，她們又懷著戀慕的心情，眺望著蓮池。三個女星中的一個姊姊說道："今夜那個池比無論什麼時候還美麗，我無論如何總要到那兒去一回呢。"兩個妹妹也都說："我也要去。""我也要去。"女星姊妹說的話被月亮聽兒了。月亮是喜歡高山的，常常要到樹木茂盛的山上去散步。月亮對三個姊妹星說道：

"如果你們要到那個池裏去，可以跟著那根從天而降的蜘絲走下去的。"

這時候，蜘蛛的王正盤踞在絲網的中央，熱心地聽著他們的話，靜靜地唱起歌來道：

像空氣一樣的，一樣的，

輕靈的，輕靈的，我的網，

請看呀，我的網，

像鋼鐵一樣堅固的網。

三個女星便走到蜘網那兒去，把蛛絲常作梯子，一個個降到地上去。

月亮柔和的光線從樹林中射出來。映照著那個充滿香氣、開著

鮮花的碧蓮池。星姊妹們脫去了衣服，到池中去沐浴。水滴像珍珠一樣，一點點向四面飛濺。

這時候，恰巧有個獵人在蓮池附近睡覺。他夢見天女降下甘雨，他正要和天女們去做朋友時，忽地裏夢醒了。獵人向池中一望，恰見三個凡世所從來沒有看見過的美麗的女子，在那兒快活地沐浴。他便沿著池邊，偷偷地走到那女星放著衣裳的樹叢中去。他看見三套衣服裏，有一套最為美麗，是用銀絲金絲來刺繡成的，耀人眼睛的一件衫子，胸口的左邊并且釘著一塊心形的紅寶石閃爍地放射著光芒。獵人心中想道："穿著這件衣衫的女人，心志一定很正直很堅定的，并且性情一定是溫柔的吧。我把她娶來做妻子。"他便偷了那件光彩煥發的衣服去，去藏匿在樹叢中，他傾聽著女星沐浴的聲音，像聽仙樂一般的快樂。

天快要亮了的時候，蜘蛛王又向女星們歌唱道：

空氣一樣的，一樣的，

輕柔的我的網，

雖則鋼鐵般的堅強，

但是太陽一出來，

那太陽啊便像馬一般的亂暴。

將我的網來踢破了。

東方沒有明亮之前，

在太陽出來之先，

星姊妹啊請早早回去吧。

女星們聽見蜘蛛王這樣歌唱，趕快從蓮池裏出來。三個姊妹中，兩個穿好了衣服，從那根蜘絲的梯子昇上去了。但是那最美麗的一個，找尋自己的衣衫，卻總找不到。沒有那衣衫，她是不能回上天去的。可憐的女星在那兒哭泣著找尋衣衫，但是總找不到。終於太陽出來了。太陽將蜘網破碎了。這時候，小鳥們都在女星的頭上歌唱道：

女星呀！女星呀！

你的衣衫先前放在榕樹下，

衣衫閃爍閃爍發射著光線，

年輕的獵人偷了衣衫去，

裝作不知道的面孔睡在那邊哪。

聽見了小鳥的歌聲，女星便從池中採下了碧蓮花，做成一個花環套在腰裏，走到獵人身邊去，向獵人說道：

"請你把衣衫回我。你要什麼報酬，我都可給你的。"

獵人用著黑水晶一樣的美麗的眼睛，望著女星說道：

"無論如何，衣衫總不回你的，因為回了你衣衫，你就要到天上去了。但是我要你做我的妻子，常常和我一起住在世上。"

女星如果要離開地面，到天上去，那末非穿著那套衣衫不行的。住在地上，有什麼人來養她呢？沒有方法了，女星只好做了獵人的妻子。

獵人是一個極和善的青年；他非常愛護妻子的。

女星是像碧蓮花一般美麗，那說話的聲音音，比印度的郭公還要清脆。

獵人和女星同居了七年。每天，獵人到野山裏去獵取野味，到晚上回來，兩個人很快活地談天著吃夜飯。每逢月夜，女星總到那個蓮池的旁邊去，仰起著戀慕的眼睛，看看她的兩個姊妹到不到地上來。她是只想回到天上去一次。蜘蛛絲的梯子，每夜從天上掛下來，但是天上的姊妹卻總不到地上來。

女星已生了三個男孩子，後來又養了一個像寶石一般的女孩子。女星是非常愛好那小孩們的。

有一天，獵人對妻子和孩兒們說道：

"我今天聽見鳥叫，像是報告我說，我的父親死了；因此，我不得不回家鄉去一次。"

女星流著眼淚說道：

"你老遠地回家鄉去，路上是危險呢，還是請你和我一起仍住在這兒的好。"

　　獵人說："我是常常要住在你的旁邊的，但是父親是一個人；他死了，無人料理，那是不行的。父親只有我一個兒子，我不得不回去，好讓他安心地死去。喪事一完，我就立刻回來。這次分別總不是永別啊！"

　　大兒子聽了父親的話，便道：

　　"爸爸，那末你帶我一起去吧。我很想見見祖父的面呢。"

　　獵人說："你還是住在這兒。賊來偷東西是不行的，你住在家裏好好兒看守著吧。"

　　大兒子說："那末我送你到森林邊。"

　　父親說七天之內一定回家的，他便同著大兒子一起出發了。走到森林邊，他又向兒子說："你回到家裏去好好兒看守著。這兒是家中一切的鎖匙。其中有個黃金的鎖匙，是三層樓上小房間用的。但是那間小房間，你千萬不能啟開的呢。別的房間，你都可以開的。"父親說著話，便把一切鎖匙交給了兒子。

　　大兒子說："遵照爸爸的吩咐。"

　　"好吧，回家去好好兒幫助你媽媽做事。等著爸爸回家吧。再會了。"

　　"再會。"

　　這樣，父與子便分別了。

　　大兒子回轉家來，看見母親在門前哭泣。

　　"媽媽，你為什麼哭啊？強盜是不必怕的。父親有弓箭給我，我會看守著的。媽媽，你用不到怕強盜的啊！那末為什麼要哭呢？"

　　"像煞不能和你爹爹再會面了似的。"母親說著又哭泣起來。

　　"爹爹在七天之內一定回來的。并且父親是最強有力的人，他又是個射箭的名手，決計不會被強盜猛獸損害的。"大兒子這樣安慰母親。

但是母親還是很悲哀，說道：

"父親回家鄉去的時期中，我也不得不回故鄉去了啊。"

"啊啊，媽媽，不要這樣說。媽媽難道肯放開我們一邊，自己一個人走了嗎?"

"放開了可愛的孩子們，自管自走，我是不肯的；放開了那嬰孩，自顧走了，那是尤其做不到。"

大兒子聽了媽媽的話才安心了。

那夜間，月色很明亮，大兒子睡夢中聽見一種歌聲，像鳥唱歌一般的宛轉，他醒了。

可愛的姊姊啊，回來吧!

和我在一起，回來吧!

蜘蛛的王已張了網了。

輕柔的，輕柔的，像空氣一樣的，

堅強的，堅強的，又像鋼鐵的，

堅實的梯子，從梯子上升上來吧。

聽著這片歌聲的母親，正在催眠那個小女孩，便唱起搖籃歌來道：

我的嬰孩啊，放開我的嬰孩，

我能回去嗎?

放下了寶貝的嬰孩，

我一個人回去是做不到的呀!

這樣唱後，外面又有歌聲回答了：

帶了你可愛的嬰孩，

帶了你寶貝的嬰孩，

出來吧，出來吧。

聽著這個歌的母親，就沈默著一聲不響。但是外面的歌聲又來了：

可愛的姊姊啊，回來吧！

蜘蛛的王已張了網了，

可憐的姊姊啊，為了你的緣故，

天上的星都在哭泣啊！

這時候，嬰孩忽地甦醒了，哭了起來。母親便又唱催眠歌道：

睡去吧，睡去吧，

要放開小孩，是不走的啊。

媽媽的衣衫在什麼地方呢？

沒有衣衫是不回去的。

好孩子啊，睡去吧。

媽媽是什麼地方也不去的。

睡去吧，睡去吧。

嬰孩聽著歌聲又睡去了，暫時之間一點聲音也沒有；可是外面的歌聲卻又來了；

哥哥是個好孩子，開開吧，

三樓上的小房間，開開吧，

用那黃金小鎖匙，開開吧。

媽媽悲傷的一顆心，

開了那小房間，就會全愈❶的啊。

聽了這個溫柔的歌聲，大兒也就迷糊地睡去了。他立刻做了一

---

❶ "全愈"今寫爲"痊癒"。——編者註

個夢，夢見兩個美麗的少女對他說：

"你去開了三層樓上的小房間，你媽媽就會不哭的。"

到了下一天早上，他對母親說道：

"昨天晚上我聽見有人在外面唱歌，像煞屢屢催促媽媽出去。"

"你看見這樣的夢嗎?"母親這樣說了，便又哭泣起來。大兒子心上想著昨夜的夢。到了晚上，他終於把那三層樓的小房間開了。那時候，家裏只有他一人，母親和弟妹到池邊去沐浴了。他看見那房間裏放著一件用金銀絲刺繡、釘著寶石的光芒四射的衣衫，實在覺得太美麗了，他拏這件衣衫要去給母親看。

不久，母親從池邊回來了。大兒子便拏了那衣衫給母親看，道：

"媽媽媽媽，我找到這件衣衫，真美麗到極點了。媽媽，你來穿一下看，穿著一定萬分歡喜的。"

母親看見那件衣衫，歡喜到跳躍起來，眼睛裏充滿異常的光輝。她就把衣衫穿在身上了。小孩子們看見母親穿著這件衣衫，非常的美麗，大家便手攜著手在母親身體四周，盤來盤去跳舞。大兒子道：

"媽媽，你天天晚上穿著這件衣衫吧，一直穿到爸爸要回來的一天。爸爸一定要讚美我的。"

母親說道："好的，今夜等你小妹妹睡了後，你把衣衫給我穿好了。"

"好的，但是明天早晨還是要去放在那小房間裏呢。"

那一夜，月光仍是很明亮，大兒上床睡了，卻又聽見外面歌聲道：

可愛的妹妹啊，回來吧，

蜘蛛之王已張了網了。

可悲的妹妹啊，為了你，

天上的星都在哭泣啊！

這個歌聲停止之後，暫時之間又靜默了，忽又聽見母親唱道：

睡去吧，睡去吧。

留剩著嬰孩是不走的，

我最可愛的，最重要的，

寶貝的嬰孩要帶著走的啊。

大兒子想從牀上起來，看看屋子裏的情形；可是不知道為什麼緣故那時候只是想睡眠，終於睡熟了，睡到大天白亮的清晨才起身。他看見兩個弟弟都已起身。但是母親卻不見了。他想大抵在蓮池邊吧。便帶兩個弟弟一起到池邊去，但是那兒，母親也沒有。

沒有方法想，只好回到家裏去，先前以為還睡在搖藍❶裏的小妹妹不道也不見了。大兒子便悲傷得很。他自言自語道：

"呀呀！碰到怎樣的事了啊？一定是強盜用著美妙的歌聲，騙了媽媽和妹妹去了。那個強盜一定是要搶媽媽身上的寶石衣衫吧。"

兩個小弟弟因為母親不見了，都嗚嗚地哭起來。大兒子弄得手足無措，簡直沒有方法可以止住弟弟們的哭泣。

整整的一天，孩子們在森林中，大聲呼喊著："媽媽啊！媽媽啊！請回轉來啊！你留剩著我們走了，是不行的呀！媽媽！肚子餓呀！怕呀！媽媽，早點回來吧!"一邊喊一邊尋，卻終於尋不到母親。

大兒子也悲傷到哭泣了，但是他沒有像兩個弟弟那麼號啕大哭，因為他想到父親禁止他開那小房間的，他憂心地自問自道：

"如果我不拏黃金的鎖匙去開三樓上的小房間，或者不會有這種

---

❶ "搖藍"今爲"搖篮"。——編者註

事體的吧。”那一天晚上，兩個弟弟要去睡眠的時候，看見大門輕輕地開了，母親身上穿著那件光芒四射的衣衫正在走進來。兩個弟弟不禁快活到從床上跳下來，擁抱著母親喊道：

“媽媽，你到什麼地方去了！我們哭了一天。肚子餓呀！我們怕呀！”

“不要怕的。你們雖則不看見我，我卻常常看守著你們的。我帶了好東西來了。”她把天上的果子攤在小孩子們面前。

只有大兒子不要吃那美味的果子，問道：

“小妹妹那裏去了呢？媽媽，你為什麼放開了我們走了？媽媽，你不是說過總不放開我們走的嗎？”

“我是不得不回到故鄉去的呀。小妹妹，此刻聽著我姊妹的催眠歌，正睡去了。過了一下子，我仍要回到故鄉去的，我不能常常留在此地。到明天晚上，我再帶好東西來。”

大兒子聽了母親的說話，不禁悲從中來，說道：

“爸爸要回來了，我正怕著呢。我把三樓上的房間開了，我把那件衣衫給媽媽穿了。爸爸一旦知道了，一定要罵我的。媽媽，請把衣衫放下在這兒，然後再走吧。等到爸爸回來，由爸爸給你穿這件衣服好了。”

媽媽卻微笑著，什麼也不回答，接著說道：“你先吃起果子來，然後再細細對你說好了。”

大兒子吃了果子之後，對於父親要叱罵的事情立刻完全忘記了，滿心以為媽媽不走的了，很快活地就去睡覺，而且一上床就睡熟了。

等到半夜，他忽地裏睜開眼睛，醒了。他又聽見外面歌聲唱道：

可愛的妹妹啊，回來吧

太陽一出來，蛛網要破碎的呢。

早點回來吧，嬰孩在啼哭啊！

母親這時候像煞要催眠著第三個兒子睡眠一般，唱著催眠歌道：

睡去吧，睡去吧，

留剩著你，我是不走的，

聽到你的哭聲時，

媽媽的心也要碎的，

睡去吧，睡去吧。

大兒子聽著這樣的歌聲，以為母親一定帶了小妹妹回來，大家再團敍一起的。但是等到明天早上醒來時，媽媽和第三個弟弟又不知去向了。第二個弟弟看見媽媽、小弟弟和小妹妹都不見了，覺得異常的寂寞，哭泣起來。大兒子便安慰著道：

"弟弟不要哭啊，到晚上，媽媽一定回來的！"弟弟卻還是哭，哭到眼睛也腫了。

天夜了。羣星在青空中閃閃發光的時候，大門忽地啟開了，母親來了。第二個弟弟像飛一般跳到母親的身邊去：

"媽媽，我哭了一天了。你卻放著我就走了，真討厭呢。只有哥哥和我兩個人在一起，寂寞到死了。媽媽，你也領我到你的新的家裏去吧。"

母親把他吻抱了一回，接著又拏出天上的果子來。寂寞了一天的第二個兒子，到這時候也就快活起來。大兒卻對母親說：

"媽媽！你已經帶了小妹妹小弟弟走了。今番你又要帶這個弟弟去嗎？爸爸回來了，我將怎樣對他說呢？"

母親卻是微笑著，說道："先吃點果子吧，然後我來教你怎樣說好了。"

大兒正在肚飢，歡歡喜喜吃起果子來。一吃果子，憂心的事情、悲傷的事情、怨恨的事情，一切都忘記了。母親又用著她清朗的聲音，講著天上種種珍奇的故事，他聽得真快活，接著他覺疲倦了，就上床去睡覺。

夜還沒有明亮之前，他醒了，又聽見外面有什麼在唱歌：

可愛的妹妹，回來吧，

大陽一出來，蛛網要破碎的呢。

早點回來吧，小孩子們，

哭著問母親在何處呢？

又聽見母親像煞要叫第二個弟弟睡去一般，輕輕地唱著催眠歌道：

睡去吧，睡去吧，

決不放開著你就走的。

每次聽到你的哭聲，

媽媽的胸口也要破裂開來的呀！

睡去吧，睡去吧。

不久，大兒子又睡去了，等到天明時，他醒轉來一看，卻見家裏什麼人也沒有了，只有他一個人。他便哭了一天，眼睛都哭腫了。一到夜間，星在天上閃光，看見母親又從外面輕輕地走了進來。他異常忿恨地說道：

“媽媽到底領弟弟妹妹到那兒去了？為什麼要領他們去呢？難道我們在一起，反而不好嗎？爸爸回來後，一定要傷心的，并且一定要叱罵我的呢。”

母親卻又拏出果子來，叫他先吃了，然後再講話。

大兒子卻回答道：“我要等到父親回來之後再吃的了。”

母親於是撫摸他的頭，說道：

"今夜我是來領你去的。同我一起回故鄉去吧。弟弟妹妹都等著你去呢。"

"我違背了爸爸一次的說話，就弄出這樣悲傷的事情來，我再也不能違背爸爸的了。我要看守著家，一直等到爸爸回來。媽媽，你不要再來引誘我了。"大兒子說著這樣的話，眼淚卻不禁如雨一般落下來。

母親還是摸著他的頭，說道：

"爸爸明天一定回來的。你向爸爸說，媽媽看見了那件繡金繡銀嵌寶石的衣衫之後，她就回故鄉去了。再對他說，正當你睡去的時候，姨母來叫開三樓上的房間。你要知道，媽媽走出了故鄉七年，一經是悲傷著的。我本想領著你一起回去的，啊，現在就斷了這個念頭吧。你好好兒服侍著你爸爸。媽媽不再回到這兒來的了。"母親這樣說話後，便從那根蜘絲上升到天上去了。

大兒子一個人只好孤寂地去睡覺。

到了下一天晚上，父親從森林中走回家來。一到大門口，大兒子便過去吻抱著父親說道：

"爸爸！爸爸！我不聽你的說話，竟鬧出事情來了。我睡著的時候，姨母來對我說，快快去開了三層樓上小房間的門，媽媽的悲傷就會好的。後來，我一開那房間的門，看見一件刺繡著金銀的嵌寶石的好衣裳。我把那件衣裳給媽媽看，媽媽非常歡喜，到了那晚上，就回到天上的故鄉去了。"他一邊說著話，一邊哭泣了。

父親聽了這番話，面孔發青，眼淚像大雨一樣奔流，說道：

"孩子呀！我決不來叱罵你的。但是你真可憐呢，沒有了母親，便遇著種種的苦難吧。並且因為思想我要叱罵你，老是擔著憂心吧。但是媽媽不在，我們和弟弟妹妹一起快快活活生活好了。媽媽或許要回來的。"

大兒子聽了父親的說話，說道：

"小妹妹，媽媽帶了去的啊！"

"呀，小妹妹也被帶去的嗎？眞是悲傷哪，帶了小妹妹走了。但是小妹妹和媽媽在一起倒是幸福的。那末我和男孩子們一起幸福地過活吧。"

大兒子卻又悲哀地說道：

"下一天晚上，媽媽來了，又帶了小弟弟去的。到了再下一天晚上，又帶了二弟弟去。昨天晚上，媽媽又來要帶我走。但是我說，我要等爸爸回來，我不去。"

父親聽著這樣的話，立刻就緊緊地擁抱著兒子，說道：

"你年紀輕輕，倒會說這樣負責任的說話。爸爸不好，使你非常擔心。你為了爸爸，什麼地方也不肯去。我眞要謝謝你的啊。和我一起生活吧，一直到我死時候，不再分離，你肯這樣答應我嗎？"一邊說著，一邊落著凄涼的眼淚。

"決不讓爸爸一個人留著，自已❶到別的地方去的。爸爸的話，我這次決不違背的了。我很知道違背了爸爸的說話，是要遭到怎樣痛苦的事情的。"

其後，大兒子和父親每天一起出去打獵。到了晚上，在睡眠之前，他們倆常常走到屋子外邊去，眺望著天空中的明星，希望再看見媽媽、弟弟、妹妹一次。

這樣經過了一年，父親叫那兒子到身邊說道：

"到這兒來啊，爸爸快要死了啊。"

---

❶ "已"，應為 "己"。——編者註

兒子便走到父親身邊，說道：

"爸爸！怎麼樣了啊？爸爸的前額像火一般熱，嘴唇像燒焦了似的。要吃冷水吧。今天我們路走得太多，走得太疲倦了。明天什麼地方也不要去，終日住在家裏，那末就會好了。"

父親苦痛地說道："好的，拏一杯冷水給我吧。……"

兒子便從那個碧蓮池中去取了水來給父親，父親飲了一杯冷水倒也漸漸兒睡去了。兒子坐在父親的身邊，守了一夜，到天快要亮了，東方已顯出薔薇色的時候，父親終於死了。兒子不禁號陶大哭起來。到了天明，他從森林中聚集了花草。供奉在父親的面前。一天工夫，他把父親的喪事做完了。

"現在我再沒有心思住在這兒了。但是到什麼地方去好呢？一點也不知道。我將悲傷而死吧。"他坐在地上獨自說著，流著痛淚。到了夜間，他還不回到家裏去，只是在那兒哭泣。

這時候，天空中羣星正是燦爛。蜘蛛的王又把那細到看不出的絲梯掛到地上來了。母親從絲梯上走下來。她悲哀的眼睛望著大兒子看，溫柔地將他抱住了，說道：

"不必哭泣了，和我一起回到媽媽的故鄉去吧。"

"現在爸爸死了，我就和媽同到媽的地方去吧。"大兒子這樣說話時，母親已拏出許多天上的果子來了。大兒子吃了果子以後，一顆悲哀的心立刻就變為愉快的了。

到了翌日，有兩個旅客，從西方走來，走到獵人的家中，看見屋子裏什麼人也沒有。"屋子的主人大抵遠出了，我們就在這兒住到主人回來吧。"他們這樣說，便在屋子裏住下了，一直住到他們老死，總不見有什麼主人回來，只是逢到夜間羣星燦爛的時候，常常聽見像有個女人在什麼地方啜泣似的聲響。

# 銀　蛇

　　從前，印度一個村莊裏住著個極窮的老婆子。老婆子家裏什麼東西也沒有了，只剩一握的麥粉。她想把這最後的一握麥粉，做最後一個饅頭來吃；她便拏著個鍋子，到河邊去取水。

　　看見那河流裏澄淨的河水，她不禁思想道："現在是到了窮死的時候了，我先來沐浴一下身體，然後吃去最後的饅頭，然後安心地死去。"這樣想著，她便脫去衣衫，將衣衫包裹著鍋子，將鍋子放在岸上，然後她到河裏去沐浴。

　　沐浴完了，她從河中上岸，穿好衣衫，正要把鍋子去取水，揭起鍋蓋，卻看見鍋中蜷伏著一條艷麗的小蛇。美麗的蛇常常是極毒的，因此老婆子對著小蛇說道：

　　"可愛的小蛇啊，你大抵要來咬死我吧。好的，咬死我了，我勞苦的一生也就告終了，我能往極樂的世界去了。"她就拏了鍋子忽忽地走回家去。一回到家中，她恐怕小蛇逃走，先把門窗都關緊了，然後再把鍋蓋揭開來。但是真奇怪，那條毒蛇卻已變成為一串金鋼鑽的項圈，閃閃的光彩，眩耀著她的眼睛。

　　老婆子一時之間不禁驚奇到發呆了，只是彈出著眼睛望著。過了一回，她的戰慄的手去拏起這串項圈來，速即藏在懷中，走往國王的宮殿裏去，對那國王的臣僕道：

　　"我今天得到一個大大的寶貝，我要把這個寶貝貢獻給國王，請你就領我去見國王吧。"

國王的臣僕答應了她，立刻就領她去見國王。老婆子從懷中取出這條奇麗的項圈，恭恭敬敬地獻給國王。國王從來沒看見過這樣美好的項圈的，因此非常歡喜，便叫人賞賜這個老婆子五百塊金洋鈿。老婆子於是頃刻之間變成為一個有錢的人，很安樂地過著日子。

國王把這條項圈給王妃看，王妃也覺得是一件無上的寶貝，心中非常的歡喜。王妃從國王的手中領受這串項圈，小心謹慎地去放在一個百寶箱中，將箱子好好兒鎖起。鎖匙去掛在國王的頸上。

其後，經過了若干時日，隣近的一個國王和王妃因為生了個可愛的女兒，設著盛大的宴會，要請這邊的國王和王妃去參與。

這兒的王妃想去赴宴時，戴上那串希世的項圈；於是從國王的頸上取下那鎖匙，去打開那個百寶箱來。但是揭開箱子一看，項圈卻不見了，只見一個雪白粉嫩肥胖的男孩子。王妃驚奇之至，連忙去呼喚國王來觀看。國王也為之驚奇不止，但是也非常歡喜，說道："我們盼望好久有個男孩子，現在天老爺果然給我們一個男孩子了。"王妃歡喜到流出眼淚來，說道：

"我們眞是幸福哪！看這笑著的嬰孩多少的可愛呀！"她說著話時，便把那嬰孩親愛地抱在臂懷裏。

快活到像做夢一般的國王，連忙向臣子們說道：

"快去通知鄰國國王，說我們為了自己的兒子要開宴會，不能參與那宮主的筵席了。哈哈，今天眞是怎樣幸福的一天呀！"

國王和王妃赴往鄰國的事情中止了，向全國報告"有了太子了"，同時更開一盛大的宴會。全國於是充滿了鐘聲、鼓聲、喇叭聲；都城裏的人民，不論是男的女的，老的小的，大家都休息一星期以資慶祝。

　　經過了十八年，這兒的太子，鄰國的宮主，都已十八歲了。

　　兩國的國王以及兩國的全體國民都覺得太子和宮主結為夫婦是最適宜。後來兩方果然訂起婚約來了。王子到鄰國去和宮主結了婚。婚後，王子就帶了美麗的新娘回國來了。

　　宮主的母親，是專門探求人家祕密的一個女人，當宮主出嫁的前一天，她對宮主說：

　　"聽說那個太子的誕生，是極奇怪的。關於王子的事，你去仔細問了來告訴我。你只是問一兩次，王子一定不肯說的。所以要王子說出來，應該想個方法的。王子沒有說出他祕密來時，無論王子對你怎樣的親切，你總一句話也不要回答，只是不聲不響靜默著不要睬他。"

　　宮主宣誓聽從母親的說話。

　　太子和宮主結婚之後，太子對宮主無論說什麼話，宮主總是一句話也不回答。看見新娘一言不發，太子不禁憂心起來，於是甜言蜜語又說了一番。宮主才開口道：

　　"關於你誕生的祕密，請你先詳細告訴我。"

　　王子聽了，很不高興，面露不愉之色。宮主卻定要王子把誕生的祕密說出來，王子說：

　　"如果我把誕生的祕密對你說了，你聽了之後，一定要後悔的。"他終於不肯說出。

　　兩個人一起同居了三個月，但是兩人都是沈默著，什麼話也不說。兩個人的生活當然是無聊得很。

　　這樣子的無聊，王子難堪之至。有一天，王子到底忍耐不住了，他向宮主說道：

"你既如此要知道我的祕密，那末今夜我來對你講吧。但是你聽了一定要不幸的，你要後悔的……"

宮主非常快活，她只想祕密終究可以聽到了，什麼後悔不後悔她不管。

那一夜，太子叫僕從預備了二匹馬。到了夜深時，王子和宮主各人騎了一匹，一起騎到十八年前那個老婆子看見鍋子裏一條銀蛇的河邊去。到了那河邊，王子不勝怨恨地問道：

"你一定要我講出祕密來的嗎？"

宮主回答道："是的。"

王子說道："你聽了我的話，你一定要不幸的，你不顧這一切嗎？"宮主卻總要他說出來。

王子無可奈何，只好嘆了一口氣，說道：

"好吧，我來對你說。我實在是很遠很遠的西方一個王國的王子，因為中了魔法，變成為一條小銀蛇後，被拋棄在這河邊了。後來幸而給那老婆子和國王王妃救起了……"他說話沒有完，人卻忽然不見了。

宮主驚惶四顧時，聽見河邊草叢中悉索的響，接著又像有什麼跳到河中去的聲音。從樹葉叢中透下來的月光中，宮主看見河面有一條小蛇正在游泳。過了一會，小蛇也不見了，只聽見淒涼的風聲、遙遙的犬吠聲、陰森森的梟鳴。

一到翌日早上，人家看見宮主披散著頭髮，在河邊哭泣；身旁的兩匹馬，都是俯著頭一動也不動。人家屢屢地詢問宮主，宮主卻總是一聲也不答。王子究竟那裏去了，除了宮主外，什麼人也不知道。大家以為王子一定討厭宮主，已經一個人逃去了吧。宮主不肯再離開河邊，國王於是照宮主的意思，就在這河邊用黑石子造了一座屋子。

宮主和兩三個用人，在河邊的屋子裏，過著凄涼的日子，已經有一年了，王子卻還沒有回來。

宮主老是住在那座屋子裏，一步也不走出屋外去的。有一天早上，宮主睡醒時，看見褥單上有著污泥的痕跡。她便呼喚僕人進來，查問昨夜有沒有人走進她的房裏去。

看門的以及其餘的人，夜夜都是十分小心，如果有一隻老鼠、一隻小鳥到宮主的房裏，也不會不看見的，但是誰把褥單弄上污泥，那是什麼人也不知道。

又過了一日，宮主早上看見那褥單上又污上泥漬了，又叫僕人來查問，還是沒有一個人知道那所以然。到了這一天晚上，宮主決心不去睡覺，仔細看著。但是夜漸漸深了，睡眠跟著也就來了，她便把小刀子稍稍割破她的手指，在那傷口裏放上了一點鹽。這樣，手指痛著，她就不會睡去了。她睜大著眼睛守望著，守到半夜，看見不知那裏來了一條銀色的小蛇，蜿蜒到宮主的床上。小蛇對著那褥單，從口中吐出著污泥來。宮主驚怖得很，向著小蛇說道：

"你究竟是什麼東西？"

小蛇仰頭回答道：

"我是你的丈夫啊！"宮主聽了就哭泣起來。小蛇便又說道：

"真是可憐哪，我不是先對你說的，你聽了我的祕密，你一定要後悔的。"

宮主答道："我現在真是後悔著呢，自從你去了之後，我沒有一天不哭的。"

小蛇道："如果你真心後悔的話，我必能恢復原狀，再回到你這兒的。只是我要對你說，你一定要聽從我的話才行。"

"請你說吧，我一定聽從你的。"

小蛇便道："那末明天晚上，你把四隻大碗盛滿了牛奶，在屋子四角各放下一大碗。這條河裏的蛇全部便要來吃牛奶了。其中有一條走在先頭的，便是蛇王。那時你切不可把門關起來，你對蛇王說：'蛇王呀蛇王呀！請你把王子回來我吧！'蛇王一定恢復我原來的形狀，將我回你的。但是萬萬不要見了蛇害怕把門關了；一關門，永永不能再看見我了呢。"小蛇說完話不久就不見了。宮主照小蛇所說的，到了下一天晚上，她把大碗盛了四碗糖牛奶，在屋子的四角各放一大碗，她立在門口等著。

漸漸到半夜子時了，忽聽見河裏的水測測響動，接著又來了草叢中悉索的聲音，是大羣的蛇蜿蜒來了。大蛇小蛇，蜿蜒滿了一天井。其中最先來的一條，是像老樹幹那麼粗，身上生著鱗甲的。這條可怕的蛇正是蛇王。

僕人們看見天井裏這許多的蛇，嚇得魂不附體，大家都逃避一空。但是公主❶卻立在門口，一動也不動，她的面孔像死人一般蒼白。幾萬條蛇跟著蛇王進來，像火焰一般的舌子時時伸縮著，像水晶一般的眼睛，閃著耀人的光芒。宮主看了，卻一點也不怕，向著蛇王叫道："啊啊，蛇王呀！請你把我的丈夫回了我吧。"

---

❶　"公主"在前文中又作"宮王"。——編者註

　　許多的蛇像煞喃喃地說著："她的丈夫？她的丈夫？"那蛇王昂著頭，一直蜒到宮主的身邊，用著像要爆出火來的眼睛，向宮主覷著。但是宮主還是立在門口，一動也不動，只是說：

　　"呀呀！蛇王呀！請你把我的丈夫回我吧。"

　　那蛇王便答道："明天，明天，一定回你丈夫。"

　　宮主得到了蛇王的回答，才從門口回到床上去坐著，彷彿像一座大理石的石像，眼睛望著這一大羣的蛇蜿蜒到屋子四角去吃牛奶，牛奶吃完了，這許多蛇便回出來，不見了。

　　到了下一日早上，宮主把房中打掃得乾乾淨淨，裝飾著香花，脫下了黑色的喪服，穿上了華麗的衣衫。到了這晚上，在天井裏、在樹木上，都點著了燈火，屋內也燃點著許多許多的燈燭，預備著宴會，等待丈夫的回來。後來，那個王子，她的丈夫，果然從河邊大踏步走來了，面上雖則露出笑容，但是眼睛裏卻含著眼淚的亮光。宮主一看見丈夫來了，便快活到極點，過去吻抱他。

　　到了下一天，一對夫婦重行回到宮殿裏去。國王和王妃固然快活之至，就是國民全體也是欣喜萬狀，靜寂好久的鐘聲重行響了，大鼓和喇叭的聲音，充滿著新鮮的歡樂，再從城中四面八方響動起來。

# 一粒芥子

印度以前有個女人，她生了一個兒子。一天，那孩子染了最危險的疾病，不久竟病死了。那可憐的母親抱了她的已死的愛兒，走到每個人家，詢問誰有一種妙藥能醫治她兒子的病。

鄰舍人家都說道："這個可憐的母親發痴了，抱著死孩子，一家一家去求藥。"

一位老人家看見了這可憐的年青的母親，思想道："啊！可憐的女人，她從沒有見過死人呢。她還沒有知道她的孩子是死了。我應該去安慰她一番纔是。"於是老人家走上前去，說道："可憐的女人，我沒有什麼藥給你；但是我知道一位醫生，他能給你一種好藥。"

年青的母親說："請你對我說，那個醫生在什麼地方呢？"

"你去找那菩薩，他會給你一種好藥。"老人家說。

可憐的女人謝了老人家的好意，便趕去找菩薩。當她走到一座廟宇裏，她便向菩薩請求道：

"菩薩啊！請你給我一種藥品醫治我生病的小孩。"

"我沒有藥品，良善的女人，但是我知道有一種藥的。"

"什麼藥呢？"母親趕快詢問。

"這是一粒芥子，你去找一粒芥子來就好了，但是那粒芥子須從沒有死亡過一個人的家中取來的。"

可憐的女人連忙走出去，臂懷裏還是抱著那已經斷氣的孩子。

她一家一家去討芥子。芥子原是不值錢的，人家都肯給她。可是人家給芥子她時，她便詢問：

"你家裏沒有死亡過一個人嗎？沒有死過父親，沒有死過兒子，也沒有死過僕役的嗎？"

每個人家總回答她說："此地死亡過許多人的了，死的人比活的人還多呢。"

可憐的女人訪問過了許多的人家，但是常常得到同樣的回答，她走得疲乏到極點了。她很悲傷地說道："我訪問一切人家，都說死亡過人的，或者死了父親，或者死了兒子，或者死了僕役。那末並不是僅有我死了兒子的。"她於是抱了已死的小孩到一個樹林裏，掘了個墳，將小孩埋葬了。後來她再到廟裏，跪在菩薩的面前。

"你找到了芥子沒有？"菩薩問那年青的母親。

"沒有，"她說，"村裏的人都死亡過若干人的。他們對我說，死亡的人比活的人還要多。"

"是的，"菩薩說，"這是眞的，在地上一切物都要死亡的。這是宇宙間一條大法律。"

那個可憐的女人便要求菩薩允許她住在廟裏。她後來做了許多的好事。終而她也死了，進了涅槃，從此她再不痛苦了，從此她找到了夢想已久的幸福和安息了。

# 禮物大會

從前印度有個村莊裏，住著個名字叫做滑太德的老人家，村裏的人都叫他老實爹爹。這位老人家確有被稱為老實爹爹的資格，因為他生性眞是最老實不過的。

老實爹爹旣無妻子，又鮮兄弟，是孤單單的一個人。他住在鄉下的一間破房子裏，每天割了幾堆野草，挑到市上去當柴賣，賺下一點錢，維持他窮苦的生活。

老實爹爹終日流著汗，終日工作著，所得的報酬卻眞是極少，但是他很滿足，竟一無怨言。並且因為他生活費用非常省儉，在他僅少的收入裏，居然他還能抽出一點錢來，積蓄著的。

有一天，老實爹爹心裏想，自己積蓄起來的銀錢，不知已有多少了，他便從床子下拖出一個笨重的瓶來，將積蓄在瓶裏的錢統統都倒在床上。

他沒有想到歷年積蓄著的錢，會有這末❶多的。他望著床上像小山一般堆積著的金錢，不禁發呆了，坐在那兒自言自語道："會積到這末多的錢了！"

這位毫無慾望的老爹，有了這許多錢，實在沒有用處，因為他旣不想買什麼美味的好東西來吃，也不想買美酒來喝，更不想買好衣裳來穿。

---

❶ "這末"今作"這麼"。——編者註

　　如何處置這許多錢呢？一時眞想不出好方法來使用，他只得先將錢來放在袋裏，將一袋錢向床子下一丢，冗自橫在床上睡覺了。

　　到了下一天早晨，他醒來時，想著一個使用那注銀錢的方法了；連忙將那袋錢，捐在肩上，走到一家珠寶店裏去，他把那袋錢換了一個黃金鑲嵌的白玉鐲。他在臂上套了這個玉鐲，就去訪問他素來認識的一個商人。

　　那個商人是大富商，蒐集著的珍珠寶貝，堆積到像駱駝峯那麼高的。

　　老實爹爹看見那商人時，開口就問道：“你到各國去經商時，所遇到的許多王后中，究竟以那❶一國的王后為最美？”

　　這個突然的詢問，使那商人非常驚奇；但是素來知道老實爹爹是個老實人，商人想了一回便答道：“大家都說加衣史丁國的王后那麼美麗、高貴、優雅，是天下無雙的。”

　　老實爹爹便說道：“那末要拜托你了。此番你到加衣史丁國裏去時，請你向王后致敬，同時請你對她說，有一個人非常敬慕她，特別奉獻她一個黃金的白玉鐲。”說完話，他便將手臂上的玉鐲褪了下來，交付給那個商人。

　　商人看見老實爹爹這種情形，心裏想這老人家不要發瘋了吧；但是又想到他是個老實人，也就答應將那玉鐲去獻給王后了。

　　後來商人到各處去經商，經過五六個月之後，有一天走到加衣史丁國裏了。想到老實爹爹依托的事情，便等到生意料理完了，他立刻就趕到王后的地方去，將那個手鐲獻給女王道：“這是有個敬仰女王德行的人，特地托我帶來奉獻的。”

---

❶　“那”今作“哪”。下不再注。——編者註

　　王后看見那個玉鐲非常歡喜。她想這樣一個彫刻精緻的手鐲，究竟是什麽樣的一個人送來的呢？受了這樣的禮物，總不應該默然不報的吧。她便向商人道："你回國去時，我有點禮物請你帶回去。你一有回國的日期，千萬請你通知我！"

　　後來商人要回國了，於是就通知了王后。王后叫人拏出許多美麗的綢緞來，叫商人帶去送給那個貢獻手鐲的人。同時，王后又拏出許多金錢來酬謝商人的辛苦。商人非常歡喜，謹謝了王后之後，就出發回國了。

　　兩個月之後，回到故鄉的商人，不到自己的家中，倒先去訪問老實爹爹。他指著堆積在駱駝背上的綢緞說道："這是加衣史丁王后送給你的禮物。"

　　老實爹爹看見了，不禁吃了一驚。

　　因為有了錢，老實爹爹弄得非常為難，竭力地總算想出一個好方法來，買個手鐲去送給最美麗的女王，結果卻又弄了這許多綢緞來，眞是沒有辦法想了。況且綢緞是那麽多，老實爹爹的小房子裏那裏放得下？老實爹爹便向商人說道："照你所知道的許多人中，那一個人配得到這樣美好的禮物呢？"

　　商人道："有名的人，我認識的也不少，總有二三十個人可以說說的；但是總沒有一個配受這樣的禮物的，只有那個富厚的耐格排特的王子或者可以承受。"

　　老實爹爹便說道："那末又要勞動你了。此番你到耐格排特去時，就把這許多綢緞送給王子吧。"

　　恰好那個商人因為生意上的關係，不久，非到耐格排特去一次不可。商人等到在那兒幹完生意上的事務之後，便拏了老實爹爹的綢緞，送到王宮裏去，拜見王子道："這是一個仰慕王子高德的人，托我送來獻給王子的一點禮物。"

王子看見這許多美好的綢緞，非常歡喜，並且也很感激那個仰慕他的人，便選了十二匹耐格排特的良馬，請托商人帶回去做答禮。王子又把許多土產送給商人，以答謝其辛勞。

商人走出王宮後，在這城裏已無所事事了，他便遄返故鄉。

一回到故鄉，商人立刻帶了王子交托他的十二匹馬，趕到老實爹爹的地方去。

老實爹爹在家裏，聽見遠地裏送來拍達拍達馬蹄的聲響。那聲音決不是一兩匹馬的聲音，卻是十二三匹馬並駕齊來的聲音。他便自言自語道：

"這樣的晚上，有那末多的馬匹來，一定是馬隊商人要到這兒來寄宿吧。但是這樣偏僻的鄉村裏，那裏有出賣馬糧的店家呢？現在我去割點草來賣給他們吧。"接著，他背了籠子，提了鐮刀，走出門去。

對面走來的卻是那個老朋友商人。聽到商人說這是王子送給老爹的贈品時，老實爹爹真是吃了個大驚，連連說道："怎樣辦呢？怎樣辦呢？"後來，老爹想了一下，把二匹馬先送給了商人，說道："其餘十匹馬，請托你再送給加衣史丁的王后吧。像這樣漂亮的馬，十匹一齊獻給王后，王后一定歡喜的。"

商人滿口答應，到加衣史丁國度去做買賣時，照老實爹爹的說話，將十頭良馬一齊獻給了王后。

王后召喚那個商人來問道："常常把這樣尊貴的物品來送我的，究竟是什麼一個人呢？"

商人雖是一個正直的人，但是他沒有說出這是名字叫滑太德、綽號叫老實爹爹的一個農人的贈品，只是說："要詳細地說起那個人來，很是為難。總之，這個人對於王后美麗的風姿、高尚的品性，非常崇拜，因此將自己最珍貴的寶物來奉獻王后的。"

王后聽了這樣的說話，不禁大喜；但覺得幾次收受這個無名氏的禮物，很是抱歉，而且擔心著將來不知要鬧出什麼事情來，便和國王細細商量。

國王對於王后的憂慮，覺得也是有理的。他先想了一下，接著，告訴王后道："人家遙遠地送禮物來，如果不受吧，那是失禮的。所以我們應該很欣喜地收了這種禮物。只是這次你答禮起來。要揀異常珍貴的東西送去，那個人看見沒有更好的東西可以送來，也就不會再送什麼來了。"

國王立刻命令左右，預備二十頭騾子，滿載著金銀物品，叫商人帶回去當作答禮。又怕路上有什麼危險，王后更派了一隊衛兵送商人到國境上。

老實爹爹又收到這麼多的答禮了，又弄得沒有辦法了。他想了半天，總想不出一個好方法來。最後，他只得又向商人道："幾次勞動你，實有是感激之至。我想把六匹騾子送給了你，略表寸心。其餘十四匹騾子，還要請你帶去，獻給耐格排特王子，以謝其先前送來的良馬。"

商人大喜，立即應允了。但他也有點擔心的就是這樣送來送去，究竟送到什麼時候完結呢？幸而這不是他自己的事，是老實爹爹的事情。他預備好了一切之後，就向耐格排特的地方去。

王子接到如此隆重的禮物，也不勝驚奇了，詢問商人道："送這許多東西來的，究係何人？"

商人知道不能向王子隨便說說的，但他總不說出是老實爹爹送來的，仍像回答王后那麼答道：

"送物品來的人，我們也不詳詳細細去說他。總之，他聽見王子勇猛的姿態、高貴的品德，心中非常崇拜，因此，揀出他的最好的東西來送給王子。"

王子心中雖則感激那個送禮物的人，但像這樣送來送去永無完結的送禮覺得有點麻煩，便想這次的答禮，要送去後，叫那個人無從再回答才好。王子於是又選了二十匹的良馬，每匹馬上都穿著錦繡的馬衣，都按著摩洛哥的皮鞍；又選了二十匹的駱駝，又選了二十匹的大象，象背上都駝著裝飾珍珠錦繡的象轎。

商人看見這許多的答禮，不禁也為之大驚。他想這樣的大批贈品，萬一途中有了什麼亂子，那是不得了的，便請求王子派一隊兵護送他去。

走了幾天之後，這一隊人馬終於走到老實爹爹的鄉村裏了。老爹沒有知道這是要到他家裏來的，他只當作是一隊旅行商人。他拏了籠子去割點乾草來供給商人。等到背了一籠乾草回來時，撲面看見大羣的象、駱駝、馬匹正包圍他的家。那個商人正站在門口，等待老爹的回來。商人一見老爹，便大聲喊道："老實爹爹，我回來了！你已變做富翁了。雖則是你發財，但是我也快活的。"

老實爹爹卻回答說："我是一個老傢伙，一隻脚已踏進棺材裏了，還要發什麼財呢？這許多珍貴的禮物，還是去轉送給加衣史丁的王后吧。只是又要勞動你，我把駱駝、馬、象各送你兩匹，其餘請你送交王后。"

商人幾次為老爹送禮，有點麻煩了，便勸老爹道："你把禮物收下，就此中止，豈不很好？"

但是老爹定要請托商人送去，十分誠懇，幾乎要哭出來似的。

商人雖覺得麻煩，但又覺得送禮給王后、王子，是光榮的事，所以最後說道："只有今番這一次,以後恕不遵命!"

過了五六天,商人又向加衣史丁國度去了。

路上,村人們看見每次禮物送來,總是比送去的更加多,現在送去的愈多了,不知要有什麼送回來呢。大家說:"這是送禮會。"因為商人的一隊人馬實在是漂亮、華麗、衆多。

加衣史丁國王看見這大隊的人、馬、象、駱駝,從城門裏來,不禁大驚地問商人道:"這許多東西究竟什麼人送來的?"

商人回答道:"這是一個名字叫滑太德的送來給王后的答禮。"

國王聽了,竟至一時也說不出話來,只是睜大著驚奇的眼睛,接著他呼喚王后來觀看這樣衆多高貴的禮物,說道:

"滑太德這人,一定是世界上最富有的大財主。大抵他想向我們求公主的婚吧,所以幾次三番送這許多禮物來。這次我們還只是送點東西去做答禮,那是不行的了。我們應當去拜訪滑太德一番,伸述❶我們的感謝才對。"

王后決定即行去拜訪老實爹爹。

因為是國王、王后的旅行,一切的準備,當然不是尋常,大象、駱駝、騾馬、車子、要住幾百人的帳幕、大臣、侍女們的箱籠床子,以及食糧、武器,等等,眞是一一不勝枚舉。國王又任命商人做指導。

商人對於國王這次要訪問滑太德的事情,眞是意想不到的事,現在要想卸去責任也卸不了的了。四周旣有那麼許多的武士、侍女,要逃走也逃不脫,只好領導著人馬向前進。

這大隊的人馬,歡天喜地一路走去,一天一天走近老實爹爹的

---

❶ "伸述"今作"申述"。——編者註

鄉村了。但是那個商人卻和國王們相反，一天憂愁一天了，甚至夜間睡在床上，老是睜開著眼睛醒著的。他想同國王們到老實爹爹的破屋子裏去時，國王不知將如何發怒呢。他愈想愈悲傷，簡直想一死了之。

明天就要到滑太德的村中了。大帳幕裏的許多人都是快活得很，跳著舞，唱著歌的。國王呼喚商人到面前，說道："請你先到滑太德的地方去，告訴他國王、王后、公主特地來拜訪他。"

商人趕到老實爹爹家中，看見老爹正在吃薄粥。商人把一切情形告訴了老爹，老爹聽了不禁面孔嚇到發青，一點點的眼淚漱漱地落下來，終於請求商人道："請你去說明，懇求國王們再隔一天到這兒來吧，到明天早上或許會想出一個好方法來的。"

商人遵命去了。老爹靜靜地把經過的一切情形細細想了一下，覺得簡直無法可想，只有一個方法，就是死。老爹傷心了一夜。

到了天剛亮，老爹走到山巔的一個瀑布旁邊，想跳到瀑布裏死了完結。可是一聽見那瀑布聲像猛獸一般在慘叫，那風聲像鬼怪一般在嘲笑，那梟鳴像惡魔一般在悲號，不禁身搖心顫起來，想跳入瀑布的勇氣立刻就減退了。

老爹坐在那瀑布旁邊，兩手捧著頭，像發狂一般痛哭著。那時天色還未十分明亮，忽地裏四周卻突然明亮起來了，老爹仰起頭來一看，只見兩個穿著白衣裳的美人兒立在前面。這是兩個女神。

"老實爹爹，你為何如此哭泣？"一個女神詢問起來了。

老實爹爹說道："我是因為困難而哭泣啊！"

那個女神聽了老爹的說話，便將潔白的手輕輕地按在老爹的肩上。這一按，真奇怪，老爹身上穿了十多年的襤褸的衣衫，立刻變為輝耀奪目的錦繡裳了；赤著的腳上，也不知在什麼時候，穿了像

71

國王用的好看的靴子了；包在頭上的舊布也突然變為裝飾著珠寶的緞帽了。老爹回頭一看，見自己割草的刀子已變為一把黃金的大刀，刀柄是象牙的。

另一個女神走到老實爹爹的屋子面前，將手揮了二三次，那座破屋子突然變成為一座壯麗無比的宮殿，每間房中都點著明亮的燈燭。

女神倆對老爹說道："天上的神仙因為看見你老實，一點沒有私慾，所以給你幸福。現在你不用憂心了。那座壯麗的宮殿就是你的家，你就回家去吧。"兩個女神說完話就不見了。

老實爹爹走下了山，像在做夢一般，走到那座宮殿前面，便看見許多僕從排列在門口以及客堂中。僕從們一見老爹，立刻一致地行敬禮。其中有三四個衣服穿得格外華麗的，便領著老爹到一間華麗的房中去。

那是臥室。老爹隨便僕從們替他脫衣解帶，換了綢製的睡衣，橫在床上就安然睡去了。等到醒來，看見自己的的確確是睡在華❶爹果真變為一個富翁了！

後來老實爹爹向商人說道："今天去請加衣史丁的國王們來好嗎？"

商人當然從命，立刻就囘去，領了國王的許多人到老實爹爹的宮殿裏來。

在這宮殿裏開了三天盛大的宴會。國王、大臣們都用金杯金碗，僕從們用的才是銀杯銀碗。

到了第四天，加衣史丁國王叫僕從們走開一邊，請老實爹爹一

❶ 此處原書版本有缺頁，未查到其他相關版本，故照原書排版。——編者註

72

個人來談話道："你老先生從前特地送那許多禮物來，你心中是不是想向我的女兒求婚嗎？"

老爹聽了，不禁捧腹笑道："我完全沒有想到這一點。你看，我是一個無用的老傢伙了。要和那美麗的公主結婚，要是美少年才行啊。我所以一點不想向公主求婚的。我只因為聽到加衣史丁國度的王后是非常的高貴、非常的美麗，所以就把手邊的珍品冒失地貢獻上來了。……至於公主的婚姻……就我想來，那個耐格排特的王子最有資格求婚了，因為這個王子是年輕，是勇敢，是正直。公主和王子結婚了，那兩方面都是極適宜的。"

國王聽了，非常欣喜，立即請托老爹去攀親。

老實爹爹便辦了許多禮物，同時又請加衣史丁國度裏的大臣們和那個商人做使者，到耐格排特國度裏去請王子來聚會。

王子很快活地應允了老爹的請求，就趕來與會了。

老爹將王子介紹給加衣史丁的公主，又開起盛大的宴會來。

後來老爹詢問王子與公主結婚如何，王子笑著頷首。原來王子最初會見公主時，就覺得公主是高貴優美，心上早已中意了。

婚姻已決定的了，老實爹爹和商人做了媒人。婚禮就在這兒宮殿中舉行。

結婚後，新夫婦趕回耐格排特國中去；國王與王后也趕回加衣史丁去：兩方面都平安無事而回。

至於老實爹爹呢，雖則暴富了，但仍不變其正直老實之心，幸福地過他的餘年云。

# 欺騙第三十一法

從前印度一個村莊裏，住著個極窮的商人。這個商人早上起身極早，夜裏睡覺最遲，勤勤懇懇一天一天工作，但是他還是窮苦不堪。

這個商人到底再忍耐不下去了，想換個地方去做做生意。後來，他決計離開本鄉，到一個很遠的地方去了。

俗語說得好，光陰如水，日月易逝，一下子，商人在遠地方經商已有十二年了，幸而商業發達，大告成功。從前貧苦的小商人，如今一變而為富商了。

商人發財之後，便想回到故鄉去，安樂地過他的晚年。既經決定永住故鄉，不再出去了，那末他現在所有的財產，就非全部搬回去不可。但是這是一個難題。因為從他現在所住的地方到故鄉去的路上，有著三四座的高山的，空身體走去，也要走一個月光景，如何能帶著十二年間所積聚的財產一起去呢，這是一個難題。他想了好久，總算把難題解決了。他把全部的財產去換了五六顆極珍貴的寶石，把五六顆寶石裝在一個小匣子裏，那是很容易帶回去的了。

但是路上很不太平，常有土匪出沒。商人便以為如果穿著華麗的衣服回去，恐怕要被土匪搶掠吧。他便穿了一身破爛的衣服，故意裝作一個窮人的樣子，帶著珍寶回鄉去了。

走了十五六天之後，商人走到一個村莊裏了。從這個村莊到故鄉去的一段路程裏，那是沒有土匪的，他便想脫下了破爛衣衫，換上了錦繡衣裳，然後再回故鄉去。他到市上去走走，想買一套新衣裳。

市上有一家大商店，店裏堆滿著綢緞綾羅。商人就走進這家店裏去看看，看見店主人拏著一支長長的烟管，正在吸烟。店主人看見這個衣衫不整的客人倒仍很客氣，招待得也周到。

店主人名字叫做皮卡木，原來是個聰明的人。他和商人略略談了一下，就知道這個客人衣衫雖則破舊，實在很有錢的。兩個人做了一點小賣買，居然就成為朋友，而且像煞是老朋友了。

皮卡木又詢問商人是什麼地方人氏，為什麼要到故鄉去，等等。從商人的回答裏他統統都知道後，便裝一副很親切的神氣，說道："你回故鄉去時，路上要留心呢。近來這一段路程也不太平了，常常有強盜出沒。"

商人聽見路上又有強盜出沒的消息，面孔不禁嚇到發青了。他想一路過來，倒很平安；不要從這兒回故鄉去的路上，反而要遇到什麼意外，那是要夠苦了。他便向皮卡木道：

"皮卡木先生，眞正冒昧得很，我想拜托你一件事體。我現在身邊帶著一個小匣子，匣子裏裝的是很值幾個錢的寶石。如今路上既然不太平，我就想把這個匣子暫時寄存在你的地方。待我回到鄉下，帶了幾個身強力壯的人出來，再拏寶石匣子回去。"

店主人卻說："暫時寄存我處，當然可以的。可是珍貴的物品，你有別的地方可寄存時，還是寄存在別的地方好。"

商人懇求著道："但是我在這村莊裏，除了你老兄之外，沒有一個人認識的了，所以只好對不住你，將這匣子寄存在尊處。好在貴店裏珍貴的東西這樣多，一個小匣子總有安放的地方的。"

到這時候，店主人才應允了商人。商人非常感激，就從衣袋裏挈出小匣子來交給店主人。

皮卡木十分鄭重地把這個小匣藏在鐵箱裏。

商人把匣子寄存出後，心上便覺安逸了，彷彿卸下了一副重擔。他謝過了皮卡木，很活潑地趕回故鄉去了。

不道皮卡木是這個村莊上的一個大強盜，手下的徒弟極多，可憐那個商人全然沒有知道。商人走出了皮卡木的店門，雖則很細心地問過幾家商店，皮卡木是否一個正直的人，那種商店都是皮卡木的徒弟開的，自然都說皮卡木是一個極正直的人。商人聽了，很是安心，以為不會有什麼錯誤的了。

過了五六天之後，商人帶了五六個壯男子從鄉間再出來，要向皮卡木取回匣子去了。

到了皮卡木的商店附近時，五六個壯男子暫時走開一邊，讓那商人一個人去訪問皮卡木。

商人一見皮卡木，便十分感激道："前幾天承蒙不棄，肯把我的小匣子寄存在尊處。眞是感激之至的。今天我帶了五六個壯男子出來，那匣寶石便可很安全地帶回去了。先生，請你把那匣寶石此刻交給我就是了。"

但是皮卡木的態度，與前幾天完全不同了，對那個商人，簡直看也不看。

商人接著又說了許多感激的話。

皮卡木卻冷冷地說道："你究竟是什麼人呢？我不記得你了啊！"

商人不勝駭異道："你忘記我了嗎？"

皮卡木說道："忘記？我見過一面的人，從不會忘記的。"

商人趕快說道："你的確忘記我了。我就是前幾天把一小匣子寶石寄存給你的人啊！"

皮卡木發怒道："什麼！你有一匣子寶石寄存我處？你想欺詐我嗎？滾開吧！不要來阻礙我們做生意。"

商人也不禁忿怒起來，和皮卡木爭辯。但是鄰近的商店裏卻走出許多人來，幫助皮卡木，將那商人打了一頓之後，還把他拋擲在街路上。

可憐的商人身上受著傷，傷口裏流著鮮血。他想再起來和那班惡人爭鬥吧，他只是一個人，是鬥不過的，只好走開了。他跛著腳，一步一步走去，坐在一塊石子上，一動也不動，哭泣著。

白天一下子就夜了。相近半夜的時候，有個青年名字叫顧希萊的，同著幾個朋友，走過那商人坐著的地方。他們看見商人，很覺奇怪，其中便有人說道："這不是一個賊嗎？"另一個人道："不會是賊的吧。如果是賊，不敢坐在這樣人目衆多的地方了。"他們議論了一下，也就走過了。

到了天亮的時候，顧希萊一個人再從商人那兒經過，看見先前猜是小賊的人還是坐在那兒，一動也不動。顧希萊奇怪起來了，便走過去詢問道："你究竟是什麼人呢？為什麼這樣的悲傷呢？"

商人毫無氣力地說道："我逢到了不幸，現在除開死路一條，沒有旁的方法了。"

"不要這樣不長進啊！用出點勇氣來，同我一起到我家裏去吧。"顧希萊這樣說著，便拉著商人一起走了。

顧希萊回到家裏後，就給商人喝了一點葡萄酒，好叫商人恢復一點氣力。

接著商人便把一切經過的情形，統統告訴了顧希萊。

先前商人所帶來的五六個壯男子，等了商人許多時候，不見商人走來，便以為商人獨自回本鄉去了，大家也就回去了，全然沒有知道商人不僅被騙，而且被人羞辱毆打的。所以商人如果不碰到顧希萊，一定仍要變成為十二年前那麼一個窮商人了。這是後話，暫且不提。

至於顧希萊這個青年呢，家裏本很有錢，性子生得也極良善義俠。他聽了商人的講述，就很同情於商人的，後來聽見商人說皮卡木是一個正直的人時，他不禁哈哈大笑起來道：“你說的正直的皮卡木卻是一個大強盜。現在你暫時住在我的家裏，我們仔細商量一個方法去對付這個強盜好了。”

商人聽從顧希萊的話，暫時就住顧希萊的家裏。

過了幾天之後，顧希萊問商人道：“你還記得你坐在那兒哭泣的一塊石子嗎？”

商人道：“不用問啦，我當然記得的。”

“很好，那麼今天下午你仍去坐在那塊石子上，眼睛望著來往的人。如果看見有人向你招手時，你立刻就走到皮卡木的商店裏去，向皮卡木說道：‘我寄存在你處的一匣子寶石，就請你回我吧。’你就可拏回那匣寶石來了。”

商人搖頭道：“那是無用的吧。我前幾天早已向他討回過了，他卻不肯回我。”

顧希萊卻很有把握似的，說道：“你照我的說話做去，決不會錯的。”

商人也就安心了。吃過午飯後，商人趕快出去，坐在那塊石子上，望著路上的行人。他坐的地方，原來就在皮卡木的斜對面，望得見皮卡木的商店的。

過了一下子，商人看見有一乘華麗的轎子停在皮卡木商店面前了。那乘轎子的四個轎夫都穿著極上等綢衣，轎子四面轎衣也都是繡著孔雀、獅、象的，轎子後面還跟威風凜凜的侍從。人人都要以為轎子裏的人，一定是個富貴的太太，是到那店裏去買物品的。

這邊的商人仔細看一看那個侍從，卻是認識的，是常到顧希萊家裏去的一個人。這個侍從的背後，還跟著一個用人，手裏捧著一隻小箱子。

皮卡木看見富麗堂皇的轎子停在店門前，便趕快出去迎接。他問那個威風凜凜的侍從道：

"轎子裏坐著的是怎樣一位太太啊！"

那個侍從便將頭側到轎子旁邊去，問了幾句話，回頭來就向皮卡木道："太太原來是要和主人一起到京城裏去的，後來因為主人忽有要事，昨天一個人獨自先走了。太太聽說路上不太平，便把身上的珠寶拏下來，放在一個箱子裏，想寄存給一家最有信用的商店裏，所以特地到貴處來的。"侍從說完話，就叫那個用人啟開小箱子來給皮卡木看。皮卡木看見箱中盡是無價的珍寶，心裏私下想；如果弄得到這許多寶石，那是要大發財了，便說道："小店物品或者有假貨，但是信用卻卓著的。如蒙寄存，定當遵命，代為仔細收藏是了。"

這時候坐在石子上的商人，看見轎中伸出手來，向他招了幾招。他連忙趕到皮卡木面前，說道："先生，我前幾天寄存在你處的一匣子寶石，請你就回了我吧。"

皮卡木躊躇了一下，覺得如果不把小匣子回給商人時，商人一定要吵起來的，而且會把一切經過說出來的，現在那位太太所寄存的小箱子和商人的匣子一比，不知價值要相差多遠。不要貪小失大，我就把匣子回了他吧。皮卡木這樣思慮一下，便說道："我因為煩忙，一時忘下你了，現在請你等一等，我就去拿出那匣寶石來奉回。"接著，他果然拿出那匣寶石來回給商人了。

以為那匣子寶石永不再到手了，現在仍舊回到自己手裏，商人不禁快活到像發瘋一般，竟就在路中央跳舞起來了。

這時候那個威風凜凜的侍從，忽向皮卡木道："太太吩咐，現在主人已回來了，寶石可以不必再寄存尊處。"說完話，侍從就向皮卡木取回了寶石箱。皮卡木卻不禁發呆了。

起初以為轎中坐著的，一定是位貴夫人，這時忽聽見轎中大笑起來，就走出一個青年來了。那青年原來就是顧希萊。

顧希萊滿面快活，走來和那商人一起跳舞。驚呆著的皮卡木忽然也大笑起來，也過來跳舞了。

那個威風凜凜的侍從問皮卡木道：

"顧希萊和那個商人因為快活而跳舞，我是懂得的，你為什麼而跳舞？是不是因為回了人家的寶石，發了瘋嗎？"

皮卡木說道："我懂得三十種欺騙的法子，不料今天遇到了第三十一種的騙法，我自己反被人騙了，因此我也快活到跳舞的啊。"

# 海之女王

　　從前有個城，城門是用銀子做的。國王住在這個城裏，很是平安幸福，一點沒有不自由。只有一件事，國王覺得不滿意的，就是沒有兒子；但是到後來，頭髮半白時，也養了一個兒子了。這個兒子因為是國王老了才養的，所以格外得到國王的寵愛。凡是兒子要什麼，國王便給他什麼。兒子的說話簡直幾乎就是法律了。

　　王子因為得到國王這樣的寵愛，自然而然養成了一種自私自利的惡習慣。王子的年紀愈大去，他的惡習也就愈加深了。他說是好的，無論怎樣不好的東西，也就好的了；他說是不好的，無論怎樣的好東西，也就不好的了。王子這種品性眞是壞透了。

　　王子身邊常有幾個侍從跟隨著。王子看見隨便什麼東西，說"我要這個"時，侍從們非立刻就去拏這個東西來給王子不可的，不論東西的主人肯不肯。如果有人膽敢違背王子的說話，那個人就要受著最嚴酷的刑罰。所以每次聽見王子來了時，商人們趕快把珍貴的物品搬開，甚至兒童們也要把玩具藏過一邊的。

　　王子的侍從們，心上也常常惴惴然，因為不曉得王子在什麼時候，要發什麼命令了。假使有一個侍從對於王子的命令，稍有一點違背，立刻就要被處死刑。

　　有一天，有一隊走江湖的賣技人，到了這個銀子城門的京城裏來獻技。王子聽見了，就派人去叫那班走江湖的人到宮中來表演。

走江湖的聽見是王子的命令，覺得是非常的光榮，連忙趕到宮中去了。

這一隊走江湖中，有一個少年所演的技藝最為驚人，尤其是從白刃亂舞中逃了出來這一齣，最使王子歡喜。

這驚人的一齣是如此的：一個壯男子兩手揮著一對鋒利逼人的劍，揮得像風一般地快。少年卻能看準雙劍揮動間有一個空隙時，他就會從空隙逃了出來，身上一點也不受傷。接著那個壯男子把劍向上亂拋，劍正向少年頭上落下來時，少年會一閃，就閃開一邊了。這個少年如果技藝不精，一觸著劍，那是一定要受重傷的，或者送去性命也未可知。少年表演這個危險的技藝已有三次。王子非常熱心地從頭看到底，看得極滿意。等到少年演畢第三次時，王子卻又命令道：“再來一個！”

但是那少年說：“王子大人，我已經十分疲乏了，再不能表演的了。如果再要我表演這個，我一定要送命的了。請王子大人今天寬恕我吧。”

王子說道：“我的命令是命令，你非再來一個不可的。”

少年哀求道：“啊啊！王子，請寬恕我吧，我實在沒有氣力再表演這個危險的技藝了。讓我跳到河中去游泳給王子看。我會得種種很有趣的游泳的。”

王子卻非常發怒，向侍從喝道：“把這畜生殺了吧！”

侍從們立刻捉住了少年，綁赴刑場。

這時候卻來了一個老人家，鬚髮甚長，身上穿著粗陋的絨布衫，鼻子上掛著個鼻圈，耳朵上掛著耳鐶的。這老人家跪在王子面前道：“賢明的王子大人啊！我是少年的父親，我請求王子寬恕了我的兒子吧。”

王子輕蔑地看一看老傢伙，接著就搖搖頭，不肯應允老傢伙的請求。

少年的父親像發狂的了，立刻就奔到國王面前去請願。

國王卻說：“在我們的國裏，王子的命令，是沒有一人膽敢不聽的，簡直就是像法律。”

老人家答道：“我們是一點也不曉得這兒的情形的啊！如果我們曉得這兒有著這種不可思議的法律，我們決不到這兒來的了。國王啊，我們路遙遙地趕到這兒來，請寬恕了我們吧。預先一點沒有知道而犯了王子的命令，就要有罪，不是太殘酷嗎？如果像那海中女王的丈夫，明知不可犯的事情而故意犯了，受了罰，那是應該的。但是像那海中女王的丈夫那麼……”

國王素來最喜聽人家講述海外奇談的，現在聽見老傢伙說起什麼海的女王，等等，覺得萬分奇怪，是聞所未聞的，就定要老傢伙把這段怪談完全講出來，說道：“我從來沒有聽見過什麼海中女王的夫婿的，請你講出來吧。你兒子的性命，保留到你講完做事的時候。如果講得有趣，王子或許會答應你的請求。”

國王於是就命令侍從們趕赴刑場，叫儈子手暫時不要將少年行刑。

少年的父親於是講出“海中的女王”來了。

國王，這是一個事實啊。某處地方住著一個大膽的水手。那個水手不僅在七個海上航行，並且還航行到不知名的極遠的海上去，因此種種海中的奇異，他大概都知道的。有一個時候，這個水手突然遇著了暴風雨，所乘的破船終於被風浪擊碎了，船裏的乘客統統都溺死。但是因為這個水手是個游水的能手，所以只有他一個人運氣，沒有死。從小山一般的波浪中，他一路游泳過去，居然被他游泳到一個小島上了。那個島上叢生著美麗的花草、高大的良木。島中央，有顆頂高大的樹，樹旁有著一個極深的井。

水手因為游泳了許多時候，身體已很疲乏，加以肚子饑餓，更覺難堪，他想找一點可吃的東西，便到四處去尋，但只見樹木花草以及珍貴的寶石，卻沒有一點可以充飢的東西。水手走到井旁的大樹邊，自言自語道："我肚子餓得要死了。大樹啊！生出點果子來救救我吧！"真是一件奇事哪！水手看見樹枝果然生出果子來了：香蕉、芒果、橘子、可可，等等都生在枝頭了。他快活到極點了，便把果子採下來大嚼，一下子，果子都吃完了。但是他覺得肚子還沒有吃飽，便又向大樹說道："現在請生出點葡萄吧，我真想吃葡萄啊！"大樹像煞懂得他的說話的，果然又生出極肥美的葡萄來了。水手去採下來吃，吃得津津有味，口頰芬芳。到這時候，水手才知道這顆大樹是神奇的樹，凡是人想吃什麼果子時，這顆樹就會生出什麼果子來給人吃的。他非常快活，對於這顆大樹感激得很，甚至向大樹跪拜起來。

水手向那樹邊的井中一望，看見井水異常的澄淨。他將手伸入井中，取了一手掌的水來喝，覺得那井真像美酒一般，飲了身心也為之暢快。

他再想喝一口水，頭向井中看時，更加奇怪了！他看見井底有著莊嚴華麗的宮殿。宮殿前面的庭中立著一個美麗的女人，眼睛正向著上面看，向著水手在招手。

水手看見這樣一個美人向他招手，他就一點也不躊躇，跳入井裏去了。

跳到井底的水手，驚奇到叫了起來。水手的驚叫，並不是無理的，原來生出香蕉、芒果、橘子種種果物的那棵大樹，是從這井底

海中女王的花園裏生出來的。樹根的四周，不是用細砂來鋪蓋的，卻鋪著美麗的珠寶。花園的正對面，是用黃金來造的宮殿。太陽照在宮殿上，照在珠寶上，閃射出來的光彩，真耀得人眼眩的。

　　水手雖則看見這樣的富麗堂皇，一時為之驚奇到發呆了，但水手是個膽大如天的人，立刻又是勇氣百倍，直闖進宮殿裏去了。那宮殿是如何的美麗，我們不必說得的，只見那殿中央的一個玉座裏，坐著海中的女王，四周盡是美麗的侍女。

　　女王看見水手走進來，就命令水手走近去，問道：“你是什麼人？什麼時候到這兒來的？”

水手丁寧地回答道：“我是一個水手。我所乘的船，在這個島的前面，遭到了暴風雨而覆沒了。我的同伴統統都溺死，只有我運氣好，居然從死裏逃生。後來我游泳到這個奇怪的島上。我從那顆大樹上採下果子來充飢，我從井裏取水來解渴。那時忽然井底女王的侍女向我招手，我就大膽地闖到這兒來了。”

海中的女王聽著水手的講述，微笑著說道：“你所看見的侍女，不是別人，就是我自己。我是具有叫你到這兒來的力量的。我是海的女王，又是一切精靈的女王。我曾經宣誓說，我將和第一個踏到這‘希望樹’的島上來的人結婚。”接著女王就叫水手坐在玉座上，女王做了水手的妻子。

逢到這樣幸運的境地，水手自然十二分的快樂。他在海底沒有什麼事情可做，只是每天在海底散步，看看海底的珍奇，尋尋海中的寶貝。他想自己是世界上唯一的大富翁了。不論怎樣國王，總❶

一個晚上，女王看見丈夫呆望著金像，便說道：“你對於這個黃金像著了魔了吧。但是今天你可以遇見更加美麗、更加奇怪的事情呢。”女王說完話，就走了。

水手聽著女王這樣的說話，非常的快活，想道：“要遇見更加奇怪的事，是什麼事情呢？大抵要從這個黃金像上來的吧，許是我用手去觸一觸這個像，便將有什麼更加奇怪的事情吧。”這樣思想著時，他的右手不禁伸了出去，將黃金像的右脚撫了一撫，立刻站立在蓮花台上的亞泊剎拉像提起右脚，向著水手的胸口踢去。同時，水手像乘著電梯一樣，剎那間，升到水面上了。

---

❶ 此處原書版本有缺頁，未查到其他相關版本，故照原書排版。——編者註

　　浮上水面後，黃金的宮殿也不見了，光耀奪目的亞泊剎拉像也不見了，四周只是漆黑一團。

　　水手漸漸飄浮到海灘上了，但像死了一般的，他一切也不知道。

　　等到醒了轉來，水手卻吃了一驚，看見自己已在本國的海岸上了。自頭到腳，浸透著水，身上所穿的衣衫，也不是海底宮殿裏所穿的錦衣了，是乞丐一般所穿的破衣裳。

　　其後，這個水手便做了走江湖的賣技者，從這個地方走到那個地方，永遠過他飄泊的生涯。

　　"啊啊！國王啊！關於水手和海中女王結婚的說話就是這樣了。"

　　熱心地聽著的國王，聽得非常滿意，說道："你講述得非常有趣。我和你先前約好的，你要什麼，請你說出來吧。"

　　"啊！深情的國王！我剛才說的，那水手因為'明知故犯'，以至流落為賣技者，東西飄泊，行止不定。那個水手，不是別人，就是我啊！富貴無常，我這個老水手是深深知道了。所以國王要賜我什麼金銀寶貝，我是不敢受的。我所希望的，只是望國王不要殺死我的兒子，放了我的兒子。"

　　國王說道："你講的話愈講愈有趣了。無論你希望什麼，總可以達到目的吧。自己的兒子比無論什麼富貴還富貴，這是真的。"接著國王就命令放去了少年。

　　國王回頭諭誡王太子道："就是做了王太子，也不可不守國法的，所以慎勿為了要滿足自己的慾望就去損害他人。你現在也不是一個小孩子了，要做一個深情的太子，那末你將來執政後好使這個國家常常繁榮。你做國王時總得要做個為國民所敬重的國王才好啊！"

　　後來，自私自利、害人不淺的王太子，到了這時，便像換了一個人似的，變為深情溫良的王太子了。

# 五　誠

拉姆辛是一個非常可愛的小孩子，不僅他的鄰舍，就是全村的人，沒有一個不說他好的。人家雖則這樣愛好拉姆辛，但是他的母親卻總是不歡喜他，原來他現在這個母親不是他嫡親的母親，是他的繼母。他的親生母是早已死的了。這個繼母生性最特別，人家愈是愛好拉姆辛，繼母偏偏愈加討厭拉姆辛。

烏鴉有不叫的日子，拉姆辛卻沒有不被繼母叱罵的一天。無論拉姆辛怎樣的溫柔，到底終於忍耐不住了，決心要到都市裏去找點事情來做做。

決定要離去家中的時候，拉姆辛只有僅少的幾個錢、二三件衣衫。他也不顧這一切，兀自出去了。因為要免去遇見什麼人的緣故，他偷偷地在夜裏走出了村莊。只有一位平常照顧他的先生，他前去告辭的。

走到先生的地方，天還沒有亮，他打著先生的門，叫道：

"先生，想見一見先生的面，請把門開一開吧。"

親切的先生聽見拉姆辛的口聲，立刻就開了門，領拉姆辛到屋子裏面去坐。

望著拉姆辛面孔觀見的先生，不等拉姆辛開口早已察知拉姆辛的心事了。他很溫和地問道：

"拉姆辛，你要什麼啦?"

"先生，我想到都市裏去找點事情來做做。"拉姆辛很膽壯地說。

"與其到生疏的遠地方去做生疏的事情，還不如在故鄉工作的好吧。"先生像父親一般曉諭拉姆辛，想要勸止他的遠出。但是拉姆辛是決心要走的了，先生的忠告也不能接受的了。

深知拉姆辛心事的先生，也就不再勸他，說道：

"你既決心要到都市裏去，那也好的。但是現在我要對你說五條誡諭，請你常常記著，做夢也不要忘記。心裏牢記著這五條誡諭時，世上便有什麼恐怖的事情也不必就心了，那末你自可立身於社會做一番事情了。

"第一，主人的命令總要服從。第二，對於無論什麼人，不要說不親切的說話。第三，決不說假話。第四，決不可娶身分❶比自己高的女人做妻子。第五，無論身上有什麼要事，逢到說教的人，一定要去聽那人說教。"

"這五件事看看容易，但要實行卻是很難的呢。"

拉姆辛告別了先生，把這五誡牢牢地記在心上，便走向都中去了。

走了五六天，漸漸走到都城裏了；出來時所帶的一點兒錢，一下子就使用完了。拉姆辛在街上走來走去，只想找個事情來做做。走過一家米行門前，看見那個大腹便便的店主人站立在那兒，他便上前請托，問詢有沒有什麼事情可以做做，有什麼地方可以使用他。

那個主人看了一看拉姆辛的面孔說道：

"恰巧有個衙門裏需要人手，我來介紹一下看。"

"真正感謝之至了，但是做的什麼事情呢？"拉姆辛問。

---

❶ "身分"今作"身份"。——编者註

"昨天，大臣身邊的一個傭人告了假，大臣要個人去代替。你年紀輕，身體強壯，正可投合大臣的心意吧。我一定介紹你去。"那店主人很親切地說。

謝了店主人的厚意，拉姆辛挈了主人的介紹信，趕快到大臣的地方去。大臣一看見他，非常中意，立刻就雇用了他。

過了二三天後，國王要出去旅行。拉姆辛的主人——大臣也陪伴著去的。

國王的旅行是大模大樣的，所帶的人不知其數，衞隊是不用說，餵駱駝的、管糧草的、軍樂隊、兵隊，總有一里多長的人馬，此外還有大象百頭，駱駝、騾馬、山羊幾百頭，一萬五千輛的馬車，排成長陣出發了。

國王這一大隊人馬，走了七天之後，走到一個砂漠❶地方了，四面盡是無限的沙地。運命恰巧不好，天上發起大風來了，把那沙塵從四面吹起，吹得滿天滿地，像黑烟一般，罩著一切，從國王以至生畜都要被悶死似的。幸而晚上走到一個小村莊裏，大家才得安心吐了口氣。村裏的人便趕快過來參見國王。

國王說到要在那村中過夜的時候，村人們都有點為難的神情，說是國王在村裏過夜是歡迎之至，可是這個村裏沒有井戶的。十個人左右在這村中過夜，還能應付，現在像這樣大隊人馬到來，卻有點為難了。

聽見這幾句話，國王以及大臣，等等，知道這是實情，覺得又困難起來了，簡直沒有辦法可想。但是像這樣大風的夜間，再要走路是走不成的了。國王便叫大臣走近身邊，囑咐他趕速派人去找

---

❶　"砂漠"今作"沙漠"。——編者註

井泉。

大臣召集村中人來詢問道：

“近處有沒有大井泉？”

村中人都仔細思想，卻想不出近處有什麼井泉，只好大家嘆氣。這許多村人中，有一個沒有開口過的老頭兒，滿頭白髮，滿嘴白鬚，自言自語道：

“除了那個妖魔的井泉之外，什麼地方都沒有井泉的了。”

大臣聽見這句話，便詢問道：

“什麼妖魔的井泉！是不是妖怪的井泉嗎？只要有水就好了。那妖魔的井泉在什麼地方呢？”

那老頭兒回答道：

“離開這兒二三里的地方，是有個井泉的。但是那個井泉是個恐怖的去處，沒有一個人敢到那兒去取水的。據說那個井，是千餘年前一個治理這兒的國王所建築的。那井真是不可思議，不論太陽怎樣熱烈，井裏的水總晒不乾。井的四周，疊著石圍，井底是深不可測的。但是從古以來，井裏住著個巨魔。走到井裏去取水的人，沒有一個回來的，因此沒有一個人敢走到井裏去的了。”

一邊聽著說話，一邊撚著鬚的大臣，這時候回頭來向拉姆辛說道：

“你去試試看如何？究竟實情怎樣，要去親自看見了才知道。你是大膽聰明的人，但是沒有顯過你的本領，今番到井泉裏去試試看好嗎？”

拉姆辛這時候想到故鄉先生教他五誡的第一誡了：“主人的命令無論如何要服從的。”因之，拉姆辛立刻就服從大臣的命令。那個白鬚白髮的老頭兒便彈出兩個眼珠，嚅囁地說道：

"拉姆辛君，你要注意，我說過了，那個井裏住著個大妖怪的呢。到那井裏去取水的人沒有一個回來過的。"

拉姆辛卻不顧這一切，告別了大臣，挈了兩個大鉛桶，背在騾子背上，又在自己的肩上掮了兩個小鉛壺，引路人也不用一個，兀自到那妖怪住的井戶去了。

走了一小時光景，走到矗立著一顆❶大樹的地方了。四面都一片平沙，只有這顆大樹矗立著，樹的名稱叫什麼，也不曉得。樹根旁是一個幾千年前的古城遺址，還有頹垣遺留著的。拉姆辛將騾子繫在樹幹上，放下肩上的鉛壺，找尋起那個井戶來了。

大抵是井戶了吧。一塊四方的大石板，像是一個蓋；挈開了石板，果然就是那個井戶的入口處。用燈向井戶內一照，只見幾千百級的階級，一直下去，簡直像煞沒有底的。

一隻手提著燈，背上負著水壺，從石級上一級一級走下去。燈光照得那石級像鏡子一般的明亮，愈走下去，燈光也愈是光耀了。那兒，當然一些聲響也沒有的，只有拉姆辛踽踽的腳聲。這僅有的腳聲卻愈益增加了凄厲的情態。偶一不慎，腳一滑，那鉛水桶落在地上，砰地一響，在那靜寂的中間，真是像比霹靂還要響呢。嚇慌了的拉姆辛早已站不起來，任其自然地在石級上滑下去，竟一直滑到了井底。

井底真如那個老人家說的一般，是一股取之不盡、用之不竭的清水，澄清得像白玉似的。

拉姆辛先將那個水桶洗濯了一回，然後在桶裏裝滿了水。他將水桶雙手抱著，正要回上去的時候，頓然像煞有一個桶蓋似的向頭

---

❶ "一顆樹"今作"一棵樹"。——編者註

上罩下來了。他仰頭一看，卻見是一個巨大妖怪，站立在石級上。妖怪的右手抱著一副人的白骨，左手攜著一盞發射青光的燈燭。

那妖怪將白骨和燈燭送近拉姆辛的面前，說道："拉姆辛，你看我的已死的妻子怎樣？"

原來這個妖怪有個極美貌的妻子的，後來他妻子生病死了。他竟不肯把妻子去埋葬，老是將妻子的屍首抱在手裏，一刻也不肯放鬆，到如今他的妻子於是只剩一副白骨了。這個妖怪，所以形狀雖巨大可怕，性子倒很和平的。

拉姆辛對於妖怪的妻子，一點也不知道，但是他這時忽然想起那第二誡了，就是對於無論何人不可說不親切的說話的一條誡。他便溫柔地說道："可憐的妖怪啊，像你妻子這樣的美麗，眞是任何地方都找不到的。"

"你眞是有一對好眼睛的少年。無數到井裏來的人，我把這副白骨給他們看時，他們都是一無憐恤地說：‘這時[1]一副惡人的骨骼吧？’因此，我把他們統統都吃去了。但是你卻不然；你眞是一個深情的少年。"妖怪說著這樣的話，眼睛裏不禁落下眼淚來了。

接著那妖怪把那副白骨放在一邊，將水裝滿了兩個桶。他將桶挾在脇下。飛快地走向井戶的入口處去。拉姆辛不甘退讓，也就提了小鉛桶，登上石級去；可是走了兩級，便氣喘了，走不動了，倒在石級上了。那個大妖怪囘頭看見了，連忙代將水桶搬到井戶的口邊。

後來那妖怪向拉姆辛說道："你使我很歡喜。你如有什麼需要，請對我講好了。古代帝王埋藏在這兒的寶貝，你要嗎？"

拉姆辛搖搖頭說道："寶貝，我不要。我只想趕快走出這個井戶。因為你住在這兒，個個人害怕的，沒有一個人敢來取水。那兒的許多人畜沒得水喝，一定要渴死的。所以我所希求的，就是請你走開一下子。"

妖怪初以為拉姆辛有什麼難題要求他做了，不道只要他走走開，便笑著說道："好的，我立刻就走開。"這樣說後，妖怪便如烟一樣，忽然不見了。那副形狀可怕的白骨，自然也不見了。

拉姆辛將裝滿水的水桶放在騾子背上，接著他就趕回大臣的地方去了。

大臣等人想到從古以來到那井戶裏去取水的人沒有一個回來的，現在去取水的拉姆辛一定又被妖怪吃去了吧。他們正在悲傷拉姆辛

---

[1]　"時"即"是"。——編者註

的時候，卻見拉姆辛提著水桶無恙歸來，弄得他們眞是驚喜交集了。

拉姆辛關於妖怪以及那白骨等，卻一點不說。

國王聽見了拉姆辛安然回來，非常歡喜，便叫拉姆辛做了侍從。

做了國王侍從的拉姆辛，常常記著第三條誡，就是決不說假話的一條誡；同時他細心地做事，博得國王非常的稱讚。終於拉姆辛做到國王會計，成為國王身邊的重要人物了。

國王有個弟弟，卻是個壞人，是個存心不良的東西。他看見哥哥國王有著那麼多的財寶，非常羨慕，心裏想最好把這一切均歸他所有。他想先把國庫握在手中，然後買通了國王左右，最後將國王殺了，自己來做國王。但是拉姆辛是個公正無私的人，是買通不來的，因此他想把自己的女兒嫁給拉姆辛。

拉姆辛卻記得第四誡了，就是不要娶身分比自己高的女人做妻子的一條誡，因此，他謙虛地拒絕與國王姪女締婚。

國王的弟弟定要把女兒嫁給拉姆辛，拉姆辛卻一定不要。國王的弟弟想拉姆辛不特不服從他，并且做他的敵人了，非常憤怒，便設計要陷害拉姆辛。他在國王面前，對於拉姆辛說了種種的壞話，國王聽了，也非常不滿意拉姆辛了。

一天，國王寫好了一封信，叫人送信到城外正在營造中的王宮裏去，給守衛的衛隊長。信裏寫的是：“無論何人如詢問什麼時候王宮可以落成時，立刻將那問詢的人斬首，將首級送至國王處，屍首卽於當地埋葬。”

衛隊長看見了這封信，覺得很可笑，但這是國王的信，不可不尊重的。

到了下一天早上，國王立刻召拉姆辛進去，說那營造中的王宮，不知何時方能造好，很是心焦，因此要叫拉姆辛就去問一問。

正直的拉姆辛不知道國王的計謀，奉了國王的命令，就趕快走到營造中的王宮那兒去了。不料走到半路，卻看見一個寺院裏，正有人在說教。一聽見說教的聲音，拉姆辛記起了第五誡，就是逢到說教，就當去聽的一條誡，他放開了國王的命令，自顧自走向寺裏去了。聽那說教，聽得津津有味，簡直聽到辰光也忘記了，儘管聽下去。

那個黑良心的國王的弟弟，看看時辰快要正午了，還不見有人來報告拉姆辛被殺的消息，他便扮作一個侍從，乘了馬，自己去探一個究竟。他到了那座王宮前，只看見木匠們刨木頭、樹廊柱，泥水匠們鋪磚瓦、砌牆壁，衞兵們悠悠地看著工人們做工，一點也沒有殺了人的樣子。他已忘記自己化裝為侍從的了，沒有一個人認識他是國王的弟弟的了，他怒吼道："你們這班臭傢伙，到什麼時候才把這座王宮造好啊？"

衞兵們一聽見這個問詢，就拔出刀來，將他的頭割下了，那裏知道他是國王的弟弟呢？屍首立刻埋葬了，那顆頭顱送到國王的地方去了。

國王等到中午時候，既不見有人拏拉姆辛的首級來，也不見自己弟弟的面，事情究竟弄得怎樣了，國王自己出去，想探一個明白。國王經過寺院的時候，偶然向寺裏一看，卻見拉姆辛正在聽說教，他先前以為拉姆辛早已被殺了呢。

在寺裏聽著說教的拉姆辛，這時聽見寺外馬蹄聲，是什麼人呀？他囘頭來一看，卻見是國王。

恰巧國王看見拉姆辛，拉姆辛看見國王的時候，衞隊長拏著那用布包好的一顆首級來了。隊長看見了國王，連忙把那布包打開來。

以為已經殺死的拉姆辛，明明白白是在眼前，是活著，但是衞隊長怎麼又提了一顆首級來呢？國王真弄得莫明其妙了。等到曉得那顆首級是弟弟的頭顱時，國王真是驚奇到極點了。聽了衛兵隊長詳詳細細的報告，國王才知道一切的經過。

國王回到自己的宮中，仔細調查了一切之後，發見弟弟的陰謀，才知道自己弟弟是個壞人，拉姆辛卻是一個公正無私的大丈夫。國王因之愈加愛好拉姆辛；拉姆辛也因國王的恩寵而愈益奮勉。

後來拉姆辛娶了一個和他自己身分相配的女人做了妻子，後來他有了兒子了。

等到兒子長大時，拉姆辛老是把先生教他的五誡仔仔細細講給兒子聽。

# 七寶之雨

這是在白拉夫國王時代的一件故事。據說有個村莊裏，住著一個懂得咒語、名字叫做范大伯的婆羅門。

那種咒語是有著非常的神力的。當天空裏光輝的星辰在運行的時候，這個范大伯的婆羅門嘴裏唸著那神祕的咒語，眼睛望著天空，那所謂七寶的金銀、瑠璃、玻璃，等等，據說便會像雨一般地降下來的。

范大伯有個本領極好的徒弟，常常帶在身邊的。有一天范大伯帶著徒弟又出去旅行了。

那時這個地方有一種強盜，稱為"派遣隊"的。為什麼那種強盜稱為派遣隊呢？原來這一夥強盜共有五百名：每逢擄人搶錢時，常常擄了兩個人去：一個是當作抵押品，一個是被"派遣"出去，取金錢來贖取的。譬如擄了父子兩人去時，便叫父親派兒子去取贖金來。又如擄了母女兩人，把女兒留著，叫母親去拏錢；擄著兄弟時便派哥哥出去；擄著先生、徒弟時，便派徒弟出去張羅銀洋。

運氣不好時，真是無法可想的：范大伯和他的徒弟經過那個森林時，不圖也被這夥"派遣隊"的強盜捉住了。范大伯是留著當作抵押品；徒弟是被派遣出去張羅金錢。

徒弟臨去時向著先生范大伯說道："一兩天中我一定就回來的，請你不要擔心。只是有一件事，不得不要請先生注意的，就是觀察天上的星辰的位置，現在正是請降七寶之雨的良機。但是現在先生既經被擄，那是唸不得咒語，降不得七寶之雨的。如果你請降七寶之雨，不僅先生一人要碰到不幸，就是這夥強盜也要不幸吧。"說完了話，這位徒弟就出去張羅銅錢了。

到了晚上徒弟還沒有回來，被強盜們綑綁著的范大伯，仰臥在地上，眼睛遙望著天空。他看見像盆一般的月亮正從東方升起，觀察星辰的位置，恰好又是請降七寶之雨的良機。

范大伯思想道："唸了咒語，請降七寶；那末向強盜贖身的金錢也就有了，身體也就可得到自由了。"這樣思想時，他竟完全忘記徒弟的說話了。他向一個強盜問道："你們老是綑綁著我做什麼呢？"

強盜們回答道："要你錢啊！等到你徒弟拏了錢來，我們就放你。"

"假使只是要銅錢的話，那末何必把我如此綑綁著呢？更何必叫我徒弟老遠去取錢呢？只要放了我，我就會變出金銀來的。趕快回我自由，給我洗一洗頭，給我身體上塗點香料，給我穿上一套新衣裳，給我身上插滿了鮮花，你們一定可以看見我會做出不可思議的事情來的。"

強盜們最初睬也不睬他，因為當他是吹牛，但是因為他幾次三番地說，一定會做出不可思議的事情來的，強盜也就答應了他，要看看他究竟玩的什麼把戲。

洗了頭，穿了新衣裳，身上插滿鮮花的范大伯一面凝視著天空，一面嘴裏唸著咒語，果然不可思議，空中就降下金銀、瑠璃、玻璃等七寶的雨來了。

強盜們看見了，眞是覺得驚異之至，但是這五百強盜都是要錢不要命的，看見了七寶之雨，大家便去拾取啊。一下子，五百強盜各人都拾得了一包的金銀寶具。

"擄著這個婆羅門眞是運氣，常常帶著他，就不憂缺少金錢的了。要用錢時，只要他唸唸咒語，請天上降下一點七寶就好了。"這樣想著的強盜們，便不釋放范大伯，帶著他一起到另一個部落裏去了。

走到半路上，不圖遇見另外一夥強盜了，那一夥也有五百個人手。兩夥強盜一見就火併起來，不幸"派遣隊"的五百大盜完全失敗，個個做了俘虜。

這時"派遣隊"的頭目問那另一夥的強盜道："你們把我們俘虜起來究竟何用呢？"

那勝利了的一夥強盜們大笑道："你居然也算做個強盜的頭目的，竟會問出這樣的話來！我們俘虜你們，當然像你們擄人一樣是要錢啊！"

"派遣隊"的頭目便道：

"你們如果要銀錢的話，那末也不必辛辛苦苦把我們五百個弟兄都捉起來的，只要捉住那個婆羅門就儘够了。那個婆羅門是有神術的。只要他眼睛望著天空的星辰，嘴裏唸著咒語，天上自然就有金銀寶貝降下來的。我們現在所有的珍寶，就是靠這個婆羅門的神術啊。"

那班勝利的強盜聽了這番說話，果然就把五百個"派遣隊"的強盜釋放了；同時就叫范大伯出來，命令他從天上降下七寶之雨來。

范大伯說道："如果我做得到，我一定做的。但是要降七寶之雨，第一要看星辰的位置。能降七寶之雨的星辰位置，一年只輪到一次。今年已輪過了，請忍耐等待一下，等到星辰的位置對了時，我決定可以請降七寶之雨的。"

　　強盜們聽著這幾句話，非常忿怒，以為范大伯是騙人，便拔出刀來，向著范大伯說道："要我們等待一年，請問這一年中叫我們幹什麼好？現在一定要叫你降下七寶之雨來的，否則就要你的狗命!"

　　對於強盜的無理可喻，范大伯也沒有法想了，只好唸起咒語來，請降七寶之雨，可是因為星辰的位置不對了，七寶之雨一滴也不降下來。范大伯到這時，懊悔不聽那徒弟的說話可是已來不及了。

　　強盜們看見范大伯一無成就，立刻就把范大伯劈了一刀，將那身體劈成二段，拋在路上。接著強盜們就去追趕"派遣組"的❶強盜。

　　這一夥五百大盜和"派遣隊"的強盜便大戰一場。"派遣隊"的五百人，不幸竟個個被殺。

　　勝利的五百大盜就搶得那五百包的珍寶。但是這五百大盜，也都是要錢不要命的，自己中間又分裂成為兩隊，各隊二百五十人，互相火併起來。火併之後，一隊二百五十人，完全被另一隊二百五十人所殺。殘留下來的二百五十人，不久又分裂為二，又互相火併，結果這一半又完全為另一半所殺。

　　這樣自己分裂，互相殘殺，到最後，五百個人只剩得二個人了。

　　這最後兩個強盜，總算運氣，得到那麼許多財寶。可是他們倆想：如果遇見一班新強盜，把財寶搶了去，豈不倒運？他們倆於是把財寶藏到草叢中去，由一個人看守著，其餘一個到村上去買食物。

　　看守著的一個，看見同伴買物去了，心裏忽然起了貪念。他想："這許多財產，一個人獨得時，豈不多好! 何必要兩人平分呢?"想到這兒，他良心一橫，在身邊藏著把刀子，等那個同伴買物回來時，

───────────────

❶　前文為"派遣隊"。——編者註

就一刀刺死他。

　　到村上去買食物的強盜，原來也是個貪得無厭的人，他也可惜那財寶的平分，他也橫一橫良心了，想道："在食物裏放下點毒藥，我的同伴吃了之後就死，那末我自然獨得那全部財產了。"他這樣思想，竟就去買毒藥來放在食物中了。他自己先吃飽肚皮，帶著有毒的食物，回到那隱藏財寶的地方時，不圖被那個同伴當胸一刀，頓時就死了。

那個看守財寶的強盜，看見同伴被他殺死了，財寶可以獨得的了，他心上很安逸，就把那同伴帶回的食物吃了起來。那知道食物裏是藏著毒藥的，他一吃之後，立刻也就死了。

這樣子，因為范大伯的請了一次七寶之雨，便從范大伯起以至一千個強盜，一個也不剩，統統都喪命了。

范大伯的徒弟過了兩日，張羅著銅錢，回來找先生了。先生卻已不見，只見地上還散亂著零星的金銀、瑠璃，他便想道："先生一定降了七寶之雨，喪了性命吧。"一路走去，果然在路上發見先生的屍體。徒弟哭著，收拾了屍首去火葬，後來把先生的遺灰去埋在小丘的上面。接著，他更向前走，走到"派遣隊"五百人被殺的地方了，他不禁嘆息道："'派遣隊'的強盜也都被殺了。"再走前去，他又看見二百五十個屍體。一日之中，他看見了許多許多的白骨，最初是五百個屍首，其次是二百五十個，再其次，又少一半，他想道："屍體一半一半地減少，最後一定只剩了兩個人吧。希望這兩人安全無恙。"不圖他再走前去，在草叢中，又發見一個屍體，他嘆息道："現在除了一人之外，其餘的人統統都死完了，希望這最後一人安全無害。"但是只走得幾步，又看見一個死屍了，他無限悲傷地說道："先生因為不聽我的說話，於是就從先生起，以至一千個強盜個個都死亡。總之，用錯誤的方法去取得心上所要的物品是不對的。先生所做的事，就是一個好例！"

這個徒弟，後來就收集起了地上的財寶，帶回去散給一般窮苦的男女，他自己卻一錢也不取。據說這個偉大的徒弟，就是釋迦牟尼的化身。

# 聾盲合作

　　有個村莊裏住著兩個殘廢的乞丐：一個是盲子，一個是聾子。有一天，盲子大聲地向聾子說道：

　　"我們倆都是向人家求乞而過活的，這樣子下去，無論經過多少歲月，我們倆總不會有幸福的日子吧。與其老是過苦日子，我們出去冒冒險如何？我和你，兩個人合作起來，一起做事，難道不行嗎？你所缺少的好耳朵，我有；我所缺少的好眼睛，你有。以你所有，補我的不足；以我所有，補你的不足，豈不大家都變成為不是殘廢者了！"

　　聾子聽了盲子的說話非常贊成。這兩個殘廢的乞丐，於是離開了那村莊，一起走向森林那兒去。

　　聾子向盲子說道："你如果聽見什麼有趣的事情，請向我說啊。"

　　盲子向聾子說道："你如果看見什麼有趣的事情，也向我說啊。"

　　接著盲子聽見騾子的叫聲，便說道："對面有匹騾子吧。但是人的聲音，一點也沒有，只是一隻騾子吧。"

　　聾子照盲子所指的地一看，果然看見一匹騾子；不久就走到騾子身邊了，他們在騾子頭頸裏結了根繩子；他們牽著騾子走，非常快活。走了不多時，聾子說道："我看見螞蟻窠了。"

　　盲子說道："你且捉二三匹螞蟻來，或許有用也未可知的。"聾子便捉了三個螞蟻，放在香烟匣裏，接著便就繼續趕路程。

走了一回，天已向晚，聾子說道：“天快要夜了，但是還沒有看見一家人家。天色卻變了，或者要暴風雨來了吧。”

“白天也好，黑夜也好，在我是一樣的。現在我牽著騾子的繩子走在前面，你跟著我來好了。”盲子照常牽著騾子，坦然走去。

天黑起來了，聾子抓著騾子的尾巴，帶著盲子，一路走去。到頭來，猛烈的暴風雨果然開始了。風像是要把兩人的衣衫都扯碎似的強烈；雨像是河堤決了那麼兇猛。電光閃閃，雷聲隆隆。

聾子道：“那電光眞怕呀！”

盲子道：“電光倒沒有什麼，那雷聲眞可怕哪！”

聾子說：“雷聲，我一點也不怕的，怕只怕電光了。這時候如果遇見一家人家才好了。”

盲子說：“再走一下子，一定可以看見人家了。這條路上，來往客人的腳跡，高高低低，我的腳踏得出來的。照腳跡走去，你一定可以看見燈火了。有燈火，便有人家。有人家，我們便可休息了。”

聾子聽了，非常佩服，說道：“我常常說的盲子比亮子還看得清楚。你剛才說的話，人家聽了，一定要說你腳上生眼睛呢。”

兩個人，在雷雨中，急急忙忙趕路，終於盲子忍耐不住了，叫道：“你還沒有看見燈火嗎？”這時候，恰巧來了一個電光，照得四野像在白晝一般，聾子果然看見前面有所高大的房子，好快活地說道：“哈哈哈，果然照你所說，看見人家了。但是那人家屋子多麼高大啊，無論怎樣大的人都走得進的。”

盲子便得意地說道：“不是我對你說過的嗎？我們一定可以得到住處的。”

聾子也說道：“你不要得意，在我是不必煩累你的；在你，天沒有明亮之前，總不得不煩累我。”

兩個人歡歡喜喜，牽了騾子，走到那家門前，打門道："借光！借光！"但是他們喊了許多時候，還不見有人來開門，沒有法子，只好自己走進去。屋子裏一個人也沒有，那一定是所空房子了。他們這樣想，便把騾子牽入屋內，關了門，上了門閂。

原來這所大房子是妖怪們住的。妖怪捉到人時，就拖到這間屋子去吃的。今天妖怪出去尋人，卻逢到了雷雨。妖怪以為雷電是天老爺的發怒，一個霹靂，是要把自己打死的，因此要等雷雨過了才回家去。後來暴風雨過了，妖怪走回家去，卻見大門已關了，并且上了門閂，大家都非常驚奇。其中最大的妖怪說道："哼，我聞著人肉的氣味呢。屋子裏有了活人吧。我們且進去，吃他們的肉，吸他們的血，舔他們的骨吧！"說完話，便像發狂的一般，手腳一齊向著門亂打亂踢，同時叫道：

"開門呀！開門呀！你們為什麼無緣無故走進我們的家裏來？快開門呀！為什麼還不開門？"

盲子聽著這種可怕的喊聲，面孔嚇得發青，身體嚇得發抖了。聾子從門縫裏窺探，看見那雷雨後，月光下面妖怪們的樣子，真是可怕，也嚇得要命了。

"開門呀！開門呀！"妖怪們儘是這樣直著喉嚨叫，漸漸兒叫得喉嚨也發啞了，終於不能叫喊了。

盲子這時候倒提起了膽子叱罵道：

"在我家門前，這樣高聲大叫究竟是什麼人啊？再遲一點是不行了的呢？我的小孩子不是要被鬧醒嗎？"

妖怪便叫道："你開門！你們住的屋子是我的家啊。我是吃人鬼。如果你們不開門，我打進門來，要把你們都吃去呢。"

盲子也大聲叫道："我也要發怒的呢。如果我開出門來，你們都

107

要被我吃去了。你們這種惡魔，知道我是什麼人嗎？我是排克夏啊！"

惡魔道："什麼排克夏？從來沒有聽見過！"

盲子隨口亂答道："你們這種東西真是混蛋。排克夏就是一切妖怪的祖宗。這座屋子，在你們沒有出世之前我就造好的了！"

妖怪們聽了盲子的說話，大家都面面相覷，很為驚訝。其中一個妖怪道："如果真是一切妖怪的祖宗住在裏面，那是我們走不進去的了。"

另一妖怪道："妖怪的祖宗說的話，怎麼會這樣輕細呢？"

那個最大的妖怪便走到門邊叫道："如果你是妖怪的祖宗，請你怒吼幾聲給我們聽聽。"

"好，你且好好兒聽著！"盲子說著話，便從聾子的身邊搴出那個香烟匣來。他從匣子裏取出一個螞蟻來放在騾子的耳中。那個螞蟻，正在肚子餓得要命時，突然被放在騾子耳朵裏，便把騾子耳朵來亂咬。騾子痛了，便嗚哈哈⋯⋯大大地叫了一聲。

聽著騾叫的聲音，妖怪們真是吃驚了。那個大妖怪道："排克夏真是個可怕的妖怪，會發出這麼可怕的聲音來的。只是叫一聲已是如此可怕。當真他發怒時，那聲音不知要如何可怕呢，我們還是逃走為第一。"

另一個妖怪道："那聲音的確可怕的，可是沒有看見那形狀，總是還不能明白究竟的。青蛙不是也會大聲呼叫嗎？青蛙卻是一個沒中用的畜生。那排克夏或者同青蛙一樣的呢。"

那個大妖怪便再去打門道："喂，排克夏！你確然會叫出可怕的聲音來的，那末你一定也有副可怕的形狀了，請你把你的面孔給我們看看。"

"好，那末我來給你們看，請你們先退後幾步！"盲子說完話，又把兩個螞蟻放在騾子的耳朵裏，接著就把門開了一線。那匹被螞蟻咬得痛苦的騾子，又大叫起來，提起了兩隻前脚，想奪門而出，騾子的頭聳出門外了。盲子恐怕騾子逃走，兩隻手叉住在騾子的頸項兩旁，一下子把騾子就拉了進來。這時候，聾子立刻就把門來關好。

惡怪們看見了，大都嚇得要命，說道：

"排克夏有著動物的脚二隻，人樣的手兩隻，一共有六隻手腕。

耳朵那麼長，眼睛那麼黑白分明，開起口來，聲音又那麼可怕，眞是個可怕之極的妖怪啊！"說完話，大家都逃向森林裏去了。

聾子把騾子耳朵裏的螞蟻取了出來。

盲子說："現在妖怪們已走了，四面安靜了，我們來睡覺吧。"

盲子、聾子、騾子，於是一起都橫下身子去，呼呼地睡熟了。到了下一天，聾子很早起來，在屋子裏東面走走，西面走走，後來走到一間屋子裏，看見那裏面堆積著金銀寶石。聾子快活極了，連忙去把盲子搖醒來。

盲子從夢中跳了起來，說道："我還睡著嗎？太陽已昇了吧。我聞著早晨空氣的氣味呢。好，我們再趕路吧。"

聾子笑著把看見金銀寶貝的事情對盲子說了。兩個人都非常快活，連忙拏出一個大袋來，裝滿了一大袋的金銀，載在騾背上。再拏了兩包寶石，一包由聾子拏著，一包由盲子拏著。兩人走出屋子，從昨天走來的路上走回去。

妖怪們躲在樹林裏，仍在窺探那屋子裏的動靜，現在看見從那屋子出來的，只是兩個人和一匹騾子，並沒有妖怪的祖宗。妖怪們於是都知道上了當了，忿怒到極點，連忙跟上去追這兩個乞丐。

聾子回頭來看見妖怪們追來了，便向盲子道："不得了！妖怪看見我們了，正在後面追上來！"

兩人便把包裹藏在草堆裏，騾子也匐伏在茂草叢中，他們倆自己攀登到一株大樹上去。

聾子幫助著盲子爬上了樹，自己再爬得高一點，可以看得見四周的一切。看見追上來的妖怪的形狀，眞是可怕，其中有一個妖怪生著兩隻長耳朵，長到比兔子或騾子的耳朵還要長。

盲子因為看不見妖怪的，大聲地叫道："我們躲在樹上究竟安全不安全啊?"

聾子也大聲地回答道:"再爬得上一點便更加安全了。"

盲子聽了聾子的話,想再爬高一點,可是因為看不見弄錯了,他在樹枝上爬出了一兩尺。妖怪們聽見他們講話,仰起頭來一看,看見了,一齊呼喚道:"在那兒!在那兒!"

長耳朵的妖怪指著那樹枝上的盲子道:"我們先來吃去這樹枝上的傢伙!"

妖怪們在樹枝下,便像變戲法的一般,一個立在另一個的肩上,一個一個立上去,立在最高的,便是那個長耳朵的妖怪。

恰巧這時候一陣風吹來,樹枝搖動了,盲子恐怕跌下去,便拚命地拉住旁邊的小杈枝,不道連那妖怪豎起的耳朵也被拉住了。妖怪的耳朵被拉到痛極了,便大聲叫喚道:

"救救我,救救我!樹上的並不是人,的確是排克夏!現在把我捉住了!"

握住杈枝和妖怪耳朵的盲子,因為身體還是跟著樹枝在搖蕩,恐怕仍要跌下去,於是不特手握得更緊,并且用牙齒去咬住了。

妖怪的耳朵也被盲子咬住著,妖怪驚怕起來,叫道:"排克夏要吃去我了!"

聽見長耳朵妖怪這樣的叫喊,下面的妖怪們都嚇到逃走了。長耳朵妖怪的腳下一空,便突然跌了下去,可是那個耳朵給盲子咬住了的一半,還留在盲子的嘴裏。

聾子看見妖怪都逃了,向盲子道:"妖怪都逃了,我們走下樹去吧。"

兩人走到地上。盲子吐出那嘴裏的妖怪耳朵道:"倒霉的我,嘴裏咬住個毛蟲呢。"

那狡滑的聾子笑說道:“正當咬住了樹枝毛蟲、非常恐怖的時候,我把妖怪騙了一騙,妖怪才都逃完了,想想真是有味啊!”

兩個人於是再找出了騾子、寶石,走回到本鄉去。到了後,聾子道:“我們現在已回到本鄉了,金銀寶貝我們來分分吧。”

盲子答道:“大家一半。”兩個人於是分起寶貝來了。可是狡滑的聾子,自己想多拿一點,把少一點的一分交給盲子道:“現在平分好了,這是你的一半。”盲子卻把那一包寶具丟出來道:“你不要欺騙我盲子!你是個混蛋!”

聾子道:“我決沒有欺侮你,你怎麼這樣開口傷人!”

盲子聽了,愈加忿怒,說道:“好,你且走近來一點,我來對你說明。”

聾子走近去時,盲子一句話也不說,卻將兩手去拉住了聾子的一雙耳朵,拚命地拉。聾子也發怒起來,提起了拳頭,向盲子的眼睛上用力打去。兩人的相打,卻打出不可思議來了:聾子的耳朵被盲子一拉,竟拉好了,聽得出一切了;盲子的眼睛被聾子的拳頭一擊,竟也打好了,看得見一切了。

原來盲子的乞丐,快活到跳起來道:“哈哈!現在你不能欺侮我了,我看得見一切了!”

原來聾子的乞丐,面孔紅起來了,說道:“我的耳朵現在聽得見一切了,也非常快活。我對不起你的地方,請你寬恕了我吧。現在我們把寶貝真正平分一下吧。”

但是兩人把包裹打開來一看,卻奇怪,那金銀寶貝不知什麼時候,都變成泥砂了。兩人都吃驚道:“那妖怪使用妖法的吧?”

“天老爺發怒吧。”兩人你看著我,我看著你。

“我們如果不相打,或者大家都成為富翁了吧。”聾子這樣說。

盲子答道："還是相打好。因為相打，你聾子變成不聾，我盲子也不盲了。"

聾子也說道："對的，對的。我們倆都不是殘廢了，我們都幸福了。與其做富翁，還不如耳朵不聾的好。"

盲子道："對啊！與其拏一大袋寶石，還不如有一對好眼睛。我真快活呢。"

兩個人說著話，便手攜手地走了。

村裏的人聽了這兩個乞丐的說話，都覺得奇怪而且有趣，大家都給東西他們倆。後來這兩個乞丐所逢的怪事，四處傳開去，甚至傳到國王的耳朵裏了。國王便叫這兩人進去講述經過情形，國王聽了，覺得有味，就叫他們倆做衞兵，不要再去討飯。兩人也忠心做事，常常吃著好東西，快快活活過日子。

最奇怪的，就是在許許多多的衞兵中，沒有一個的眼睛，比原來盲子的衞兵的眼睛更好的；也沒有一個的耳朵，比原來聾子的衞兵的耳朵更好的。

# 編後記

徐蔚南（1900~1952），原名毓麟，筆名半梅、澤人。江蘇盛澤人。中國散文集。自小與邵力子相識，為世交。后入上海震旦學院。留學日本，慶應大學畢業，歸國后在紹興浙江省立第五中學任教。1924年，由柳亞子推薦，參加新南社。1925年到上海，在復旦大學實驗中學任國文教員，並從事文學創作，以《山陰道上》譽滿文壇，加入文學研究會。一年後在復旦大學、大夏大學執教。自1928年起任世界書局編輯，主編《ABC叢書》，共出版一百五十多種。抗日戰爭勝利后，主持《民國日報》的復刊工作，任《大晚報·上海通》的主編以及上海通志館的副館長并兼任大東書局編纂主任。新中國成立后，在上海文獻委員會任副主任。與王世穎合著《龍山夢痕》《都市的男女》等，譯作有《印度童話集》《一生》《女優泰綺思》等。

印度是世界上的文明古國，它有豐富的文化遺產，民間童話故事便是其中一份閃光的瑰寶。本書以日本豐島次郎的《印度童話集》為底本，譯介印度的十二篇童話，其中有妖魔鬼怪，亦有真善美的王公貴族、底層百姓，甚至形體不全的一些貧苦大眾。翻譯者以生動的語言講述光怪陸離的故事，引導人們追求美好的事物。

本社此次印行，以上海世界書局1932年版世界少年文庫《印度童話集》為底本進行整理再版。在整理過程中，首先，將底本的豎排版式轉換為橫排版式，並對原書的體例和層次稍作調整，以適合今人閱讀。其次，在語言文字方面，基本尊重底本原貌。與今天的現代漢語相比較，這些詞彙有的是詞中兩個字前後顛倒，有的是個別用字與當今有異，無論是何種情況，它們總體上都屬於民國時期文言向現代白話過渡過程中的一種語言現象，為民國圖書整體特點之一。對於此類問題，均以尊重原稿、保持原貌、不予修改的原則進行處理。再次，在標點符號方面，由於民國時期的標點符號的用法與今天現代漢語標點符號規則有一定的差異，並且這種差異在一定程度上不適宜今天的讀者閱讀，因此在標點符號方面，以尊重原稿為主，并依據現代漢語語法規則進行適度的修改，以便於讀者閱讀和理解。最後，本書原來的底本內容有兩頁缺失，編者查閱相關資料，並沒有找到缺失的內容，故仍保持原樣，並以“編者注”的形式進行說明，另外，對於原書在內容和知識性上存在的一些錯誤，也均以“編者注”的形式進行修正或解釋，最大可能地消除讀者的困惑。

鄧 瑩
2016 年 11 月

# 《民國文存》第一輯書目

儒哲學案合編　　　　　　　曹恭翊

荀子哲學綱要　　　　　　　劉子靜

中國戲劇概評　　　　　　　培良

中國哲學史（上）　　　　　趙蘭坪

中國哲學史（中）　　　　　趙蘭坪

中國哲學史（下）　　　　　趙蘭坪

嘉靖御倭江浙主客軍考　　　黎光明

《佛游天竺記》考釋　　　　岑仲勉

法蘭西大革命史　　　　　　常乃惪

德國史兩種　　　　　　　　道森、常乃惪

中國最近三十年史　　　　　陳功甫

中國外交失敗史（1840~1928）　徐國楨

最近中國三十年外交史　　　劉彥

日俄戰爭史　　　　　　　　呂思勉、郭斌佳、陳功甫

老子概論　　　　　　　　　許嘯天

被侵害之中國　　　　　　　劉彥

日本侵華史兩種　　　　　　曹伯韓、汪馥泉

馮承鈞譯著兩種　　　　　　伯希和、色伽蘭

雲南金石目略初稿　　　　　李根源

北平廟宇碑刻目錄　　　　　張江裁、許道齡

晚清中俄外交兩例　　　　　常乃惪、威德、陳勛仲

美國獨立建國　　　　　　　商務印書館編譯所、宋桂煌

不平等條約的研究　　　　　張廷灝、高爾松

中外文化小史　　　　　　　常乃惪、梁冰弦

中外工業史兩種　　　　　　陳家錕、林子英、劉秉麟

中國鐵道史（上）　　　　　謝彬

中國鐵道史（下）　　　　　謝彬